猫又の嫁になりました

高峰あいす

幻冬舎ルチル文庫

CONTENTS ✦目次✦

猫又の嫁になりました

✦カバーデザイン＝吉野知栄（CoCo.Design）
✦ブックデザイン＝まるか工房

イラスト・旭炬✦

猫又の嫁になりました

青葉が茂る初夏の公園は、昼寝にはもってこいの場所だ。

程よくほっこりと温まった芝生《しばふ》の上で、穂積上総《ほづみかずさ》はそれこそ天国にいるような気持ちで微睡《まどろ》んでいた。

平日の昼間、それもオフィス街のど真ん中という事も手伝って、駆けずり回る子供の姿はなく息抜きをするにはもってこいなのである。

大きく育った木々越しに聞こえてくる車のエンジン音さえ慣れれば眠気を誘う子守歌で、昼食を終えて微睡むこの一時はまさに至福――。

の筈《はず》だったのだが、突然その幸福は予期せぬ出来事に破られた。

ひたり、と夢うつつの中でも湿った柔らかい何かが額へ触れた感触に気付き、上総は薄く目を開ける。

まだ寝惚《ねぼ》けた意識で一体何が触れているのかと頭の方へ手を伸ばすと、その瞬間とんでもない激痛に襲われた。

「ぎゃあっ」

飛び起きた上総はひりひりする感触を堪《こら》えながら手を離すと、手の甲には綺麗《きれい》な四本筋のミミズ腫れが浮かんでいた。

「なっ、何だこれ?」

訳が分からず周囲を見回すが、離れた場所に自分と同じく惰眠を貪るサラリーマンの姿がちらほらあるばかりで、危害を加えたと思う人物の姿はない。

不意に背後で、猫の鳴き声がした。振り返ると一匹の猫が芝生の上に鎮座しており、上総を見上げている。

艶々《つやつや》とした毛皮は大半が黒だが口周りと四肢の先が真っ白く、まるで絵の具で塗ったかのように左右対称で美しい。

利口そうな金の瞳は真《ま》っ直《す》ぐ上総を見据え、思わずその立派な姿に見惚《みと》れているとすっと瞼《まぶた》が細められる。品のよい顔立ちと、美しい毛並み。首輪はしていないけれど、毛艶の良さで、飼い猫だと分かる。

――逃げ出しちゃったのかな？

近くにある高級住宅で大切に飼われている猫なのだろうか、上総に物怖《ものお》じせず近づいてくる。

「にゃあ」

品のよい姿とは反対に、かなり低い声で鳴かれ少し驚く。黙って見ていると、猫は上総が食べ残したコンビニ弁当の臭いを嗅ぎ、徐《おもむろ》に後ろ足で土をかけ始めた。

「待て、バカ猫っ！　それは僕の弁当だぞ。残りは夜食にしようと思って……ああっ！」

怒鳴っても猫は臆する様子も見せず背後の上総を肩越しに振り返り、ふんと鼻を鳴らす。

明らかに人を馬鹿にしているその姿に、上総は大人げなく真剣に怒りを覚えた。

「おい！　猫の分際で人様を馬鹿にするなっ……もしかして、僕の手を引《ひ》っ掻《か》いたのお前か？」

言うと猫は今更気付いたのかとでも言うかのようにもう一声鳴き、そして上総の目の錯覚ではなく明らかに口の端を持ち上げて「にやり」と笑ったのだ。

「こんな安いものばっかり食べてると、体に悪いぜ」

「え……？」

その声は確かに、猫の口から発せられたが上総は現実を受け入れられない。

数メートル離れた場所には、昼食を終えてお喋《しゃべ》りに興じるＯＬがいるし、散策するカップルの姿もある。

ごく普通の日常で、猫が言葉を話すなどあり得ない。

しかしパニックに陥る前に、目の前で更に不可解な出来事が起こった。

「なに呆《ほう》けた顔してるんだよ」

上総の目の前で、猫は一人の青年に変身したのである。歳《とし》は十八歳くらいだろうか。

背中の中程まである赤く長い髪が特徴的で、インディーズバンドのボーカルにいそうな雰囲気だ。

流暢《りゅうちょう》な日本語を話しているが、整った彫りの深い容姿と陽光を反射して炎のように輝く赤い髪が、とてもこの世の物とは思えない雰囲気を醸し出している。

——人？　猫が人になった……。

理解不能な出来事を目の当たりにし、上総は混乱を通り越して逆に冷静になった。

「あの、貴方《あなた》は誰でしたっけ。会った覚えがなくて。すみません」

何が起こっているのかさっぱり分からず、とりあえず上総は彼の名を尋ねてみた。すると青年は暫《しば》し黙り込み、くすりと笑う。

そんな些細《ささい》な仕草さえ、見惚れてしまう程に綺麗だった。

「なんかあんた、面白いし可愛《かわい》いな。名前は？」

「穂積……上総」

金色の目に見据えられ、上総は名を告げてしまう。明らかに普通の人間ではないと分かるが、不思議と怖くない。

「俺の事は、凍雪《とうせつ》って呼べ。凍る雪って書く。呼べばいつでも、お前に纏《まと》わり付くモノを喰ってやる。けどその弁当はよくないぞ」

言うと凍雪は身をかがめ、上総の唇に軽く触れるだけのキスをする。

「安いのを買ったな？　腐りかけの味がしたぞ」

呆気《あっけ》にとられる上総を尻目に、凍雪は眉を顰《しか》めると体をぶるりと震わせた。するとその体は再び猫に戻り、前足で弁当に土をかけ始めた。

呆然《ぼうぜん》としている上総の前で、弁当が土まみれになっていく。猫は完全に食べられない状態になった事を確認すると、一声鳴いて優雅な足取りで茂みへと歩き出す。

それまで人を小馬鹿にした表情を見せる顔にばかり気を取られていたのだが、ふとゆらりと揺れる長い尾へ視線を向けた。

「あ……えっ？」

無意識にひっくり返った声を上げ、上総は呆然と猫の尾を見つめる。

ゆったりとした動きで揺れる長い尾の先は、二股に割れていた。


バイト先である『鈴木人材派遣』は、都内に建つ小さな雑居ビルに入っている目立たない会社だ。元宮司の所長が先代の社長から頼まれて、会社を引き継いだのが十数年前。三代続く会社と聞いているが、業界内では若手扱いで殆《ほとん》どの業務が下請けだ。

「遅くなってすみません。戻りました！」

既に社員達がそれぞれ忙しそうに狭い事務所内を走り回っていて、上総は申し訳なさそうに頭を下げながら自分の机に向かう。

「遅いよ穂積ーっ、昼休み五分オーバーー」

冷たい眼差《まなざ》しに迎えられ、上総は遅刻した原因である妙な猫を恨んだ。

入ってからまだ一カ月も経《た》っていない上総が遅れてきても、教育係の吾川《あがわ》以外の反応は至

って穏やかだ。

「すみません、吾川さん。あの、ちょっと色々」

「言い訳はどうでもいいから、そこの書類片付けて！　それが終わったら、会議用の書類をコピーして。明日から出張に出る人の予定確認と……領収書の整理もあったわね」

ふんわりとしたパーマを掛け、ガーリー系の服とメイクでキメた吾川は黙っていれば人形のように可愛らしい。

教育係として紹介された時は内心喜んだが、蓋を開けてみれば社内の誰より恐ろしい鬼教官だった。

「まあまあ、そう怒鳴らないで吾川君」

「いいえ。甘くしてたらだらけるだけですから」

窓際のデスクで山積みの書類に判を押していた所長の鈴木《すずき》が、穏やかに吾川を宥《なだ》める。

皆マイペースなので、他人の動向など全く気にかけていないといった方が正しい。それにはこの事務所が請け負う独特の事情が、絡んでいるせいもある。

ここ『鈴木人材派遣』は普通の人材派遣ではなく、所謂《いわゆる》『霊能力者』の派遣を請け負っている。

一般的には馴染《なじ》みのない職種だし、勿論《もちろん》上総も入るまでそんな活動をする会社があるなど、信じてないいし信じたくもなかった。

しかし悲しいかな、事実は小説より奇なりという言葉通りだ。

小学生の頃、修学旅行先で怪談話を聞かされて熱を出し、途中で帰宅せざるを得なくなった過去を持つ上総にとって、『オカルト』は内容を問わずトラウマだ。未《いま》だにホラー映画の宣伝すら直視できないのに、現実にお化けと対峙《たいじ》する仕事だと面接で知らされた時は、本気で帰ろうかとも考えた。

だが、週休三日で労働時間は平均五時間、それでも事務のアルバイトに対して正社員並みの給料を払ってくれる会社などまずない。仕送りを断っている上総にとって、このバイトは命綱だ。

不幸中の幸いだったのは上総はこの仕事に適性があるらしいのだが生まれてから十八年間、所謂『お化け』という物を見たことがない。

所長である鈴木は現場でのアシスタントを募集していたようだが、余りに特殊な仕事内容で応募者がない事、そして上総の窮状に同情し、事務員として雇ってくれたのだ。

おまけに大学生という事を考慮して、土日を優先したシフトを組むことを条件に、講義を優先した時間で仕事をしてくれればいいと約束してくれたのだ。

友人達にこの話をすると、皆揃《そろ》って『そんな恵まれたバイト先は聞いたことがない』と驚いたり信じなかったりする。

それだけ恵まれた環境だと頭で分かっていても、オカルト系の話題は見るのも聞くのも苦手な上総にとって、まさに毎日は地獄。

そんな中、唯一リラックスできる時間が公園での昼寝だったのだ。なのにあの奇妙な猫の出現で、明日からはおちおち昼寝もできそうにない。

大学入学を期に親元を離れ都内で一人暮らしを始めた上総は、学費以外は全て自分で稼ぐと決めていた。

しかし意気込んでみたものの、所謂ブラックバイトと呼ばれる仕事先ばかりに当たってしまったのである。

上総が受ける講義予定を無視して勝手にシフトを組まれ、最終的にはテスト期間さえも大学を休んで仕事に来るよう命じられた。

どうにか逃げ出してはみたけれど、実家に心配をかけるわけにもいかず新たなバイト先を探して奔走していた。

そんな時、短時間で高収入が見込めるといういかにも怪しげな広告を大学の掲示板で目にした上総は、その場で『鈴木人材派遣』に電話をした。

簡単な事務職だが適性試験が難関なので、受かるか分からないと前置きされたが、上総は面接に無事合格し即日採用となったのである。

地獄に仏と喜んだのだけれど、入ってみたら実情は地獄の更に底だった。

この不況下、楽をして金を稼げるなんてあるはずがないとある程度は腹をくっていた。

しかし目の前に現れた現実は、今までの常識を完全に覆したのである。

「穂積君、ちょっといいかしら？」

肩を軽く叩《たた》かれ振り返ると、事務所の数少ない正社員である四箇田佐枝《しかたさえ》が微笑《ほほえ》みを浮かべて書類を差し出す。

グレーのパンツスーツに、肩口で切り揃えられた茶色の髪。ヒールを履かなくても、上総より頭一つ分は高いすらっとしたモデル体型。

キャリアウーマンという言葉が似合う四箇田だが、その口から零《こぼ》れる声はとても低い。つまる所、四箇田はれっきとした男性だ。

四箇田曰《いわ》く、『女装が趣味のごく普通のサラリーマン』との事だが、彼と話をしていると、普通の定義が分からなくなる。

「この中で一番気になる文字はどれ？　仕事で使いたいの」

「……すみません四箇田さん、何度も言うようですが僕はそういった感覚はないので」

「はいはい、これも仕事よ。さっさと答えて、時間がもったいないわ」

差し出された書類には日本語でも英語でもない、奇妙な文字が幾つも記されている。

それが何を意味するのか、上総にはさっぱり分からないし知りたくもない。けれど仕事だと言われれば拒否する事はできず、上総は左端に書かれた文字を指さす。

「これです」

「ああそう。なかなか良い選択ね、素人《しろうと》にしてはレベル高いわよ。じゃあこれ中心にして、護符作るから」

「……ありがとうございます」

恐らく褒めてもらったのだろうから素直に頭を下げたけれど、上総は必死に逃げ出したくなる衝動を抑えていた。

「四箇田さん、お聞きしたい事があるんですけど」

「どうしたの？」

先程の書類へ何やら印を書き込んでいた四箇田が、視線を上総へと向ける。

「化け猫ってご存じですか？」

「ばけねこ？」

素っ頓狂な声で同じ単語を繰り返した四箇田は、呆れを含んだ目で上総を見据えた。

普通の会社なら、ここで一笑に付され話は終わる筈だ。

けれど、上総のいる職場は残念ながら普通ではない。

「知ってるわよ、当然じゃない。まさかあなた、最近知ったなんて言わないでよね」

あっけらかんと言い返され、上総は喜ぶべきか悲しむべきか複雑な表情を浮かべる。

「いえ、昔話とかでは知ってましたけど…でも実在なんて……」

「するわよ。最近じゃ数も少なくなったし、警戒心も強いから滅多に見れないけど。そう言えば甲府支社の稲佐《いなさ》さんが、五年前に長野の山奥で見たような事言ってたわね」

本音を言えば、こんな事を話題にしたくも聞きたくもない。けれど公園で見た猫の姿がどうしても気になって、上総は疑問を口にする。

「化け猫って、尻尾《しっぽ》が裂けてるんですよね？」

「ええ」

「僕さっき、見たんです」

するととても嬉《うれ》しそうに、四箇田が意味ありげに口の端を上げる。

背がすらりと高く、霊媒の仕事についていなければモデルの道へ進んでいたと豪語するだけあって、四箇田の微笑みはとても綺麗だ。

——でもこの人。男なんだよなあ。

けれど四箇田がこの事務所内で一番の稼ぎ頭、業界でも名の知れた霊能力者と知っている上総は、笑みを向けられても見惚れるどころか視線を逸《そ》らしてしまう。

「……穂積君て、見えないんじゃなかったの？　それとも、やっと見えるようになった？　じゃあ事務じゃなくて、現場に……」

「見えません！」

慌てて否定すると、あからさまに残念そうな顔で舌打ちまでされる。

霊媒業と言っても内容は様々で、この『鈴木人材派遣』が引き受けるのは一般的な言葉で言う『下請け』だ。

狐憑《っ》きやら悪霊払いなどといった物が中心で、所長に言わせれば楽な部類なのだそうだが、依頼件数が多いので常に人材不足なのである。

忙しい事は、会社にとってありがたいこと。

なのだろうが、こんなにも頻繁にオカルト絡みの依頼がある現状は、上総にとってありがたくもなんともない。

そんな事務所へオカルト系は全くの苦手、更に所謂『お化け』という物を見る能力も持たない上総が何故合格できたかというと、面接をした所長曰く「勘が鋭い」のだそうだ。

上総本人に自覚は全くないが、派遣先への人員選びや仕事を行う日取り決めなどを任されている。

「てゆーかぁ、それって見間違いでしょ。都会に化け猫なんて、いるはずないもん」

会話に割り込んできたのは吾川だ。

彼女もぱっと見はとても将来を期待されている霊媒師などには思えない。

会社規定の講習を終え、先月正規入社したばかりの彼女は、現在四箇田に付いて現場のサポートをしている。

「そうなんですか？」

年下とはいえ、仕事の知識も経験も豊富な吾川に、上総は敬語を崩さない。

「高等な妖怪は、綺麗な空気を好む傾向があるみたいだしね。それにもし居たとしても、そう簡単に姿なんて見せないわよ」

「でも、尾の先が二つに割れてたんですよ」

「尾の付け根からじゃなくて？」

「はい」

四箇田と吾川は顔を見合わせると、同時に吹き出す。何故笑われるのか分からない上総は、おろおろと二人を見た。

「ど、どうしたんですか？」

「だって、それ猫又じゃないわよ」

「時々いるのよね。かぎ尻尾の猫を見て、化け猫だって騒ぐ早とちりがさ」

「けど、確かに分かれていたんですよ」

記憶を辿《たど》っても、あれが見間違いとはとても思えない。上総が幾らか語気を強めると、宥めるみたいに四箇田が肩をたたく。

「馬鹿にしたわけじゃ無いのよ。でもね、化け猫って呼ばれる妖怪は吾川さんの言うとおり、簡単に出てこないし、尾もちゃんと付け根から裂けてるものよ。きっとかぎ尻尾の猫を、勘違いしたんじゃない？　あれって尾の骨が曲がっててね、猫によっては先が二股に見えるのもいるの」

冷静に説明されてしまうと、上総は頷《うなず》くしかなかった。内心では納得いかなかったが、追及して楽しい話題でも無いと考え直す。

「そうですね、昼寝してたの邪魔されて気が動転してたのかも……それに、人にも化けたし」

するとそれまで真剣に耳を傾けていた四箇田が吹き出す。

「あのさ、それ早く言ってよ。完全に穂積君が寝ぼけただけじゃない」

「ていうか穂積！　昼寝して遅刻だったの！」

それまでけらけらと笑っていた吾川が、遅刻の理由を聞いた途端に鬼の形相で怒鳴る。

唯一吾川を宥めることのできる所長は、タイミング悪く席を外しており、助けを求めて四箇田へ縋《すが》る視線を送る。

だが彼も巻き込まれたくないのか、素早く上総の側《そば》から離れてしまう。

取り残された上総は、やはりあの猫は妖怪なんて可愛い物ではなく、疫病神だと心の中で八つ当たりをした。


凍雪と名乗った猫に出会ってから数日間、上総はできるだけ例の公園には近づかないようにしていた。

自分の遭遇した猫が猫又でなく、単にかぎ尻尾の猫だったとしても、こちらの思考を汲《く》んだような仕草と表情に、嫌な感覚を覚えていたのだ。

——それにあの赤い髪の男。本当にいたよな。

確かに彼は、上総の唇に触れてきた。ファーストキスが男という現実は嫌だが、彼が存在したという確信はある。

事務所の窓際に置かれた机に向かい、電卓を叩いていた上総は溜息《ためいき》をつく。

「穂積君、ちょっと来てくれないかな」

「はい」

月末に向けての日程調整表を作成していた穂積は、席を立つと鈴木の机へ向かった。

「これから四箇田君の所へ行ってもらえるかな？　そう遠くはないんだが」

日頃から温厚で微笑みを絶やさない所長が額に皺《しわ》を寄せて唸《うな》っている。

「大丈夫ですよ。四箇田さん、忘れ物ですか？　あの人几帳面《きちょうめん》なのに、珍しいですね」

昼に上総が出勤した時には、もう四箇田の姿はなかった。

幾つも現場を掛け持ちする社員達に、仕事道具の追加を頼まれて届けるのは日常茶飯事だ。

今回も予想がついたので、特に気にせず上総はジャケットを羽織り出かける準備を始める。

「今連絡が入って、吾川君がミスをしたらしい。そこで、四箇田君の仕事のアシスタントを穂積君に頼みたい」

「吾川さんがミス？　えっ、アシスタントって……」

「頼む！　今日は依頼が立て込んでて、出られる人材がいないんだ」

行き先を記した紙を無理矢理手渡され、上総はおろおろと周囲を見回すが、手の空いている社員もバイトもいないのは一目瞭然だ。

「でも僕、全然霊感がないってご存じですよね」

「君に直接お祓《はら》いの仕事をしてもらうつもりはないから、安心してくれていい。穂積君はお祓いのセッティングと、四箇田君が仕事をしている間、先方の話を聞いてくれればいい」

確かに四箇田は有能なお祓い師だが、女装しているせいで偏見を持たれることが多い。ただそれ以前に、四箇田自身が気の合う相手でないと極度の人見知りになってしまうので、お客との交渉が必要な場には必ず誰かが同席するのが決まりとなっていた。

「ようは四箇田君が仕事に集中できるように、サポートするだけだから」

直接関わらなくて良いと聞き、上総はほっと胸をなで下ろす。

「細かい指示は四箇田君が出すから、穂積君はその通りに動いてくれれば問題ない。研修も受けてない君を、危険な目には遭わせないから。どうか行ってくれないかな」

小太りで人の良さがにじみ出る所長から深く頭を下げられ、とても断れる雰囲気ではない。

――それに直接僕がどうこうするわけじゃないし。いつものように届け物するだけだって考えれば……。

「分かりました」

「ありがとう。この仕事は大口の顧客でね……毎回うちを指名してくれる得意先なんだ」

繁盛しているとはいえ、特殊な業界だ。最近になって、やっと鈴木人材派遣は、大手の嫌がる安い仕事ばかりを回されていると上総も気が付いた。

所長が得意先と言うからには、かなり良い支払いをしてくれるのだろう。

ただ『毎回』というのが気になった。

「えっと、これ。わしが作った特別製のお守りと、護符。仕事が終わってからも、三日間は持ってて」

「あ……はい」

色々言いたい事はあったが、今更嫌ですと撤回もできない。仕方がないので、鈴木に促されるまま重い足取りで事務所を出る。

行き先は、都内の有名老舗ホテルだ。

事務所から電車で約十五分の距離だから、そう遠くはない。

「吾川さんがミスって、何があったんだろう?」

オカルト嫌い、そしてバイトに入るまでごく一般的な生活をしてきた上総にしてみれば、お祓いの知識など皆無に等しい。

一体どんなミスをすれば、仕事に支障が出る事態になるのか想像もつかなかった。

ともあれ考えているうちに電車は目的の駅へと着き、上総は駅を出る。目的のホテルは大通りに面した場所に建っており、改札を出た位置からでも確認できた。

「あれか……」

ホテルに向かい歩き始めた上総は、最初の交差点まで来たところでぎょっとして足を止めた。

「にゃあ」

歩道と車道を隔てる緑地帯の陰に、公園で上総を起こしたあの猫が寝そべっていたのである。

気怠《けだる》そうに片目を閉じ、もう片方の目も半開きだが確かに上総を見据えている。

別の猫を見間違えたのかと思ったが、特徴ある毛皮の模様は公園で出会った猫と見間違えるわけがない。それに改めて尾を確認したが、二つに割れている。

初めて現場へ出向くこんな時に、何故こいつがいるのかと上総は嫌な気分になる。

ただでさえ緊張しているところに、またあの得体の知れない笑みを見せられたらと思うとぞっとする。

信号待ちの間、上総は極力猫の存在を無視したが、猫はわざとなのかしきりに鳴き声を上げ続けた。

——こういう時は、気付かないふり。

以前吾川に、お化けが怖いと話をしたところ大抵は気のせいだし、意識すると本物が来るから無視していれば勝手に消えると教えてもらった。

上総は早速実行してみたが、不意に背後から耳に息を吹きかけられる。

「ったく、気付いてるならこっち向けよ」

「ひっ」

低い声は、あの公園で青年が発した声だとすぐに気付く。

視界の端には癖のある赤い髪が見えていたけれど、振り返ってその姿を確認する勇気などない。

交差点の信号が青に変わった瞬間、上総は全速力でその場を離れた。

「何でこんな時に、あの猫に会うんだよ」

泣きそうになりながら全速力でホテルのロビーへ飛び込むと、客やベルボーイが奇異の視線を向けてくる。

品格の高いホテルとして有名なそこには、やはりそれなりの格好をした客が多い。

上総は彼らの視線を一手に受けていることに気付くと申し訳なさそうに身を竦《すく》ませた。上司の命令でなければ足を踏み入れなかっただろう空間に、上総は緊張し頭を抱える。

「何してるのよ穂積君、こっちよ！」

ロビーに響く、低い声とその持ち主とは思えない知的美人。一斉に視線が集まるが、四箇田は気にした様子もなく上総に駆け寄ってくる。

「ごめんね、怖いの苦手なのに現場へ来させせちゃって」

さっそうと現れた四箇田は、この時ばかりは女神に見えた。

「いえ、気にしないで下さい。それにしても吾川さんは、どうしたんですか？」

来たかった訳ではないが、こんな所で四箇田に愚痴を言っても仕方ないのは分かっている。なのでできるだけの笑顔を作って、気になっていた吾川の事を尋ねてみた。

「そろそろ任せられるかと思ってやらせてみたら、見事に失敗してね。彼女当分入院する羽目になったのよ」

「入院ですか？　お祓いって、紙の御札貼ったりお経唱えたりするだけなんでしょう？」

「まぁそれで済む場合もあるけど、中には厄介なのもいるって事よ。新人は誰でもやるミスだから、彼女だけが事故に遭ったって訳じゃないの。でも穂積君は見えないし、直接お祓いの現場には同行させないから大丈夫よ」

真っ青な顔で頷く穂積の肩を、四箇田が元気よく叩く。

「じゃあ行きましょう。穂積君にしてもらうのは、先方との契約確認と、事務手続きだけだからそんなに緊張しないで」

「……はい」

とは言われても、怖い物は怖い。

只《ただ》でさえ『お化け』という得体の知れない存在が苦手な所に来て、入院するかもしれない事故に繋がると聞かされれば、誰だって楽しい気分にはならない筈だ。

四箇田は大丈夫と言っているが、もし何か起こった時には労災認定されるのか。

いやそれ以前にお化けを見てしまう羽目にならないか、上総の中で不安は高まるばかりだった。

客室へ繋《つな》がるエレベーターへ乗り込むと、四箇田は最上階から幾つか下の階のボタンを押す。

チンと音がして目的の階へ到着すると、大理石張りの扉が静かに開いた。

すると目の前には赤絨毯《じゅうたん》を敷いた長い廊下が広がり、ホテルの制服を着た数人の男が額に汗を浮かべて立ちつくしている姿が目に飛び込んでくる。

「申し訳ありません、当方も困っておりまして……」

中で一番地位の高そうな初老の老人が、四箇田へ深々と頭を下げる。

この年代の男性は、大体若い女性に頭を下げる事を敬遠する。

しかしその場にいる者は初老の男と同じように四箇田へ頭を下げ、そして若い穂積にまで恭しく礼をする。

どう見てもそれは儀礼的な感じではなく、心底信頼を置いている姿で、穂積は初めて『霊媒』という職業がどのように受け止められているのかを肌で感じた。

「それで、状況は？」

しかし四箇田は不機嫌そうに尋ねただけで、丁寧な対応に会釈も返さない。

「ええ、はい。ご存じかと思いますが、先月国際会議がありまして、どうしても部屋数が足りず一日ならと思って使用してしまったんです。勿論お言いつけ通り、お客様に断りを入れまして神酒《みき》や供え物はそのままで……」

「これまで何を聞いていたんですか！」

男の言葉をぴしゃりと遮り、四箇田が居並ぶ従業員を睨み付ける。

「神酒と供え物は、あくまで二次的な物です。あの部屋に住み着いているのは、普通の霊とは違うんですよ。今回は自殺未遂で済みましたけど、次はあの部屋だけでなく周囲の部屋にまで被害が及ぶかもしれないんですよ！」

ドスの利いた声で説教をされ、居並ぶ従業員達は余程怖いのか真っ青になって俯《うつむ》いている。

「三芳《みよし》さんが対応に苦慮しているのは分かりますが、こちらの言ったとおりに動いて頂かないと、それこそホテル全体の経営に関わりますからね」

「申し訳ありません」

叱られた子供のように三芳と呼ばれた初老の男は、身を竦ませる。

「二年前に自殺者三名、その後は未遂五名。それからたった三年しか、封印してないんです。普通の人が一晩過ごせば、取り憑かれるのは当然ですよ。私から言わせれば、今の状態でこの数ですんでいるのは奇跡としか言い様がありません」

——……ホラー映画みたいだ。

可能なら、上総はこの場から脱兎《だっと》のごとく逃げ出したかった。四箇田の言葉から察すると、相当危険な仕事なのだろう。

「あのー四箇田先輩、僕は部屋には入らなくていいんですよね……」

彼に従って歩いていた上総は、こそりと囁《ささや》くが四箇田は振り返りもしない。

「黙って」

廊下の中程にある客室の前で立ち止まると、四箇田は大きく息を吸い込む。そして控えていた従業員からカードキーを受け取ると、徐に扉を開けた。

内開きの扉の向こうには、何の変哲もないホテルの部屋があった。

高級ホテルなので室内はビジネスホテルに比べれば格段に広かったが、それ以外は特に変わった様子もない。

てっきりびっくり箱のごとくお化けが飛び出してくるのではと身構えていた上総は、かなり拍子抜けした。

「なんだ、普通の部屋じゃないですか」

思わず小声で言うと、聞こえていたのか四箇田が振り向き苦笑する。

「見えないって、こういう時便利ね」

「……まさか、目の前にいるんですか？」

「教えない。ここは私一人でやるから、穂積君は契約書の確認お願いね。分からないことがあったら、所長に電話して聞いて。あと、支配人の愚痴も聞いてあげて。私そういうの苦手なのよ」

それじゃ、と四箇田は一人部屋へ入ると鍵をかけてしまう。

残された上総は暫《しばら》く扉の前に佇《たたず》んでいたが、三芳に促されて廊下を挟んだ向かいの部屋へと入った。

「お話が聞こえてしまったのですが、あなたはその……霊感はないのですか？」

「多少はあるらしいんですけど、四箇田さんのように見えたり祓ったりというのはできません。事務員なんで」

「そうですか、私も見えないのですよ。全く今回の件は参りました、どうすれば良いのかさっぱり分からないし、けれど確実に奇妙な出来事が起こる。もうお手上げです」

三芳は上総をソファへ座るように勧め、自分も向かいに腰を下ろすと頭を抱えて話し出す。どうやら霊媒師ではない上総に共感を覚えたらしく、聞いてもいないのにぼろぼろと内情を晒《さら》していく。

「創業百年、先代の言葉通り毎年お祓いも欠かさず、実直に経営してきたのになんでこんな事に……あなたもあの部屋を見ても、何も感じませんでしたよねぇ。私も従業員も、さっぱりなんですよ」

「はあ」

リアルなオカルト話なんて聞きたくないが、三芳は上総を解放するつもりはないようだ。

「——あの部屋だけ三年前に自殺騒ぎが未遂も含めて八件、尋常じゃありません。困り果てて弁護士に相談したら、数年前にそちらを紹介されましてね。ええ、四箇田さんは良い方ですよ。……少々変わってますが、仕事に関しては信頼してます。でもあの部屋を見るたびに仰《おっしゃ》るんです」

なんとなく耳を塞ぎたかったが、そういう訳にもいかず上総は覚悟を決める。

「真っ黒い顔が、いくつも浮かんでるって。聞いたら、見えなくてもそんな気になるじゃないですか。従業員の中にも見えた、なんて言い出す者も出てきて。皆浮き足立ってるんです。その『黒い顔』とやらが消えるなら、いくらでもお支払いしますよ」

聞かなければよかったと、後悔する。これで数日は、自宅のアパートはテレビと照明をつけっぱなしにして寝る事になるだろう。

だが目の前の三芳は、それどころではないと分かる。なにせ、ホテルに悪評が立てばお客は激減するだろう。

「私にお祓いの能力はありません、でも四箇田さんは幾つも仕事をこなしてますし、ご承知の通り信用できる霊媒師です。だから、大丈夫ですよ。信頼して頂ければ、私どももできる限りご意向に添いますから」

無難な言葉を選び、かつ相手の不安を和らげるように心がける。

あの部屋で四箇田が何をしているのかは分からないが、入って行く時に見せた真剣な横顔を思い出せば言葉は自然と出た。

 縋(すが)るように上総を見ていた三芳は、その落ち着いた態度に安心したのかやっと表情を和らげる。

「すみません、突然こんな事を話してしまって。契約書類の方は用意してありますので、目を通して下さい。ああ、何か飲み物を用意しましょう。お食事はどうですか？」

飲み物はともかく食事に関しては流石《さすが》に辞退して、上総は三芳から契約書を受け取ると確認を始める。

内容は殆ど前回から引き継いだものらしく、特別問題になりそうな箇所は見つからない。念のため料金の設定だけ所長に確認を取り、電話を終えたところで扉が開いた。

「終わりましたよ」

「どうですか？」

「ええ、ああ……そうですね、半月の間は絶対に使用を控えて下さい。神酒と供え物だけは毎日新鮮な物に取り替えて頂いて。後は半月後にもう一度確認に参りますから、その時判断しましょう。恐らく問題はないと思いますが、念のためという事で」

「ありがとうございました」

きびきびとした動作で四箇田は上総から契約書を受け取り、ちらと目を通す。

「確認は終わった？」

「はい」

「じゃあ帰るわよ。問題があれば、事務所の方へご連絡下さい」

言うと四箇田は契約書を上総へ返し、足早に部屋を出て行く。慌てて上総も、その後を追いかけた。

「何かあったんですか？」

「あったというか、なかったというか……」

珍しく歯切れの悪い四箇田は、首を捻《ひね》りながら上がってきたエレベーターに乗り込む。

「あの部屋に居着いてた霊は、かなりタチが悪かったのよ。最初に自殺した人が持ち込んだみたいなんだけど、部屋が気に入ったみたいでずーっと居座ってて、除霊を全然受け付けないからせめて移動させようと思って頑張ってたのよね」

「はあ……」

どうやって移動させるのか、考えてみたが想像すらつかない。

「だからね、長期戦を覚悟してたんだけど……入ったら消えてたの。暫く様子を見ないとなんとも言えないんだけど。でも気配は残ってなかったから、あの場所に見切りつけて自主的に移動したのかな」

「良かったじゃないですか、お化けがこのホテルから居なくなったって事なんでしょう？」

「お気楽でいいわね。あれはお化けなんて可愛い物じゃないわ……ああ、見えない穂積君に言っても無駄か」

わざとらしいほどの溜息をつく四箇田に、流石に上総もむっとする。

「どういう意味ですか」

「どうも何も、そのままよ。詳しく聞きたいなら、そりゃもう事細かにレクチャーしてあげるわ」

「……やっぱりいいです」

エレベーターが一階へ着き、二人は正面玄関から外へと出た。まだ日は高く、上総はいくらかほっとした。

「お疲れ様穂積君、今日は事務所へ戻らないで帰っていいわ」

「でもまだ時間が……」

「いいわよ、お化け嫌いなのに苦手な現場に来てくれたんだからそのお礼。所長には私が話つけとくから、今日はもう帰って休みなさいよ」

しかし現場で自分がした事など、書類の確認と三芳の愚痴を聞いただけだ。

申し訳ないと言いかけた所で、四箇田が言葉を遮った。

「愚痴聞き係のお礼よ。私、接客って苦手なのよね、だから気にしないで」

実際上総は、極度に緊張していて、事務所へ戻ってもまともに仕事ができるかどうかは怪しい。

それも四箇田は、見透かしているのだろう。

結局四箇田の言葉に甘え、このまま自宅へと戻る事にした。

もう一カ所寄るところがあるからと言う四箇田とは最寄りの駅で別れ、自宅アパートのある住宅街へ向かう電車へと乗り込む。

まだ三時を少し過ぎたばかりの車内は学校帰りの学生が目立つ程度で、そう混み合ってはいない。

上総は扉の脇に立つと、ぽつりと呟《つぶや》く。

「別のバイト、探そうかな」

しかし貯金もない現在の状況では、それも儚《はかな》い望みだ。

気落ちしたまま上総は電車を降り、住んでいるアパートへと歩き出す。駅から約二十分の距離だから、都心でも家賃は大分安い。

途中何気なくコンビニへと立ち寄ると、未練がましく転職情報誌を手に取った。ぱらぱらとページを捲《めく》りつつ、ふと顔を上げる。

雑誌の置かれた棚の前はガラスの壁になっていて、目の前の通りが見えた。

どちらかといえば裏道に分類される通りなので、混雑するのは朝夕のラッシュ時くらいだ。

けれど平日の昼間とはいえ、全く車が通らない訳ではない。

しかし今上総が見ている風景の中には、車どころか行き来する人の姿もなかった。

単なる偶然だろうと気にとめずにいたのだけれど、妙に嫌な気分になって上総は買い物をすませて店を出ようとする。

「あれ？」

何気なく店内を見回した上総は、首を傾《かし》げた。

自分がコンビニへ入った時に、確かにもう一人客が居たのだがその姿がない。

店内にドアは一つしかなく、それも本棚の隣だから、出て行けば絶対に気付く筈である。

更に不思議だったのが、レジに常駐している筈の店員も忽然《こつぜん》と消えていたのだ。

「すみません」

上総は雑誌を片手にレジへと向かい、店員が居るだろう奥の従業員室へ声をかける。

けれど有線の曲が微《かす》かに聞こえてくるだけで、人の気配は感じられない。

もう一度雑誌の陳列してある側のガラスに視線を向ける。通りにはやはり車も人の姿も消えていた。

目をこらすと向かいにあるファストフード店内にさえ、人影が見えない事に気付く。

「どうして誰もいないんだ？」

流石に自分の置かれている状況がおかしいと思ったが、頭が把握しきれていないらしく軽いパニック状態に陥る。

店の壁にかけられた、時計の秒針が刻む音まではっきりと聞こえる静寂の中、このコンビニの中だけでなく目の前の通りや向かいの店内にも、人の気配が全くない時間が確実に過ぎていく。

「何だよこれ、どうしたら……」

買い物を諦めて逃げ出すべきか。

それとも店員か誰かが現れるのを待つか、思案していると自動ドアに何かがぶつかる軽い音がした。

客が入ってこようとしたのかと思い、ほっと胸を撫《な》で下ろした。

しかしそれもつかの間、上総は更なる恐怖に背筋を凍らせる。自動ドアの向こうで開かないガラスに、あの猫が爪を立てていたのだ。

どうやらセンサーは猫を感知しないらしく、一向に開く気配がない。

このまま開かないでくれ、と上総は心の中で真剣に祈ったが、運命の女神は彼に優しくはなかった。

ガラスのドアは、最悪な形で開いたのである。

視線の先でかりかりとドアを引掻《ひっか》いていた猫は、痺《しび》れを切らしたのか前足を下ろすと、濡《ぬ》れた毛皮から水を弾《はじ》く時のようにぶるりと体を震わせた。

「ひっ」

喉に張り付く悲鳴を上げた上総の目の前で、猫が青年の姿に変わる。対峙すると背は上総より頭一つほど高く、歳は二十代半ばくらいだろうか。

やっと開いたドアから青年は店内へ入ってくると、真っ赤な長い髪をかき上げ上総を見た。

「……ばっ、ば……ね……」

「化け猫？　って言いたいのか？」

目の前で繰り広げられた非現実的な光景にへたり込んでしまった上総を、青年は小馬鹿にした様子で見つめる。

「俺だって名前はあるんだぜ。あんただって、『人間』とは呼ばれないだろう？　穂積上総」

「なんで僕の名前、知ってるんだよ！」

恐怖がピークに達し、上総は叫んだ。しかし猫だった青年は全く動じず、視線を合わせるようにしゃがみ込む。

「それはこれから俺の飯係になってもらうから調べた。名前で呼び合った方が、親近感持てていいだろ？　人間はそーいうの好きだって聞いたけど？」

人間同士なら納得できるが、上総はお化けや化け物といった類と仲良くするつもりは全くない。

しかし先程の叫びに力を使い切ってしまったのか、いくら腹に力を込めても声は出てこなかった。

「俺は凍雪、よろしくな。ああ来た来た」

凍雪と名乗った青年は、立ち上がりドアの方を向いた。

にいっと口の端を上げると、唇の向こうに鋭い犬歯が覗《のぞ》く。

一体何が来たのかとつられて視線を向けた上総は、また酷《ひど》く後悔する羽目になった。ガラス越しに見える通りは、軽油を燃やした時に出るような煙が充満していた。

よく見ればそれは煙ではなく、無数の黒い人間の顔が集まった物だと分かる。それを確認した瞬間、上総の脳裏を三芳の言葉が過《よ》ぎった。

『真っ黒い顔が、いくつも浮かんでる』

いっそ失神してしまえば楽だったろうけど、人の精神とはそう上手《うま》くできている物ではないようだ。

悲鳴も上げられず、そして恐怖のあまり視線を逸らすこともできない。そんな上総の前に立った凍雪が、ちらと振り返る。

「根性あるのかヘタレなのか、よく分からないな」

どうやら黒い固まりを凝視している上総を、凍雪はそれなりに評価したらしい。

「あれはな、恨みを持って死んだ魂が寄り集まってできた霊の集合体。獲物探して、殺しては取り込むを繰り返す。心が弱いヒトなんか、側を通り過ぎただけで自殺するぜ」

聞きたくなかったが、耳を押さえようとする手は震えて動かない。そしてとても楽しそうな凍雪の声は、上総に絶望の一撃を与える。

「相当上総の事、気に入ったみたいだな。巣にしていたホテルを出て来ちまうくらいにな」

「……どうして……僕……」

「霊感ないのにって事？　確かに除霊とか、その手の力はないみたいだけどさ、なんていうのかな、元々引き寄せ体質だったんだよ。もっと分かりやすく言えば、バイトを始めて感化されて、本格的なお化けの引き寄せ体質になったって事」

それこそ本気で泣き出したくなったが、状況は上総に泣くことすら許してくれない。

「来たぜ。上総はそこで大人しくしてな」

狭い店内に逃げ場はないし、何より脚に力が入らないので言われなくてもそうするしかなかった。

「でも、どうするんだよ……あんなの……」

「喰うんだよ。大きければ大きい程、美味《うま》いんだ。上総は大きいの引き寄せやすいみたいだし、今日から俺の飯係決定……おお、美味そう！」

凍雪の言葉が終わらないうちに、黒い霊魂がどっと店内へとなだれ込んでくる。

はっきりと見える訳ではないが、上総にもその固まりから発せられる悪意は感じられた。

それが自分へと向けられている事にも気付く。

殺されると、本能が告げたがどうする事もできない。這《は》いずるようにして後ろにすこし移動したが、すぐカウンターに阻まれ退路は断たれてしまう。

「久しぶりの大物。いただきまーす！」

そんな中、凍雪は一人暢気《のんき》な声を上げると、着ていた黒いライダージャケットを翻して、黒い固まりの中へ突っ込んだ。

ぐらり、と店内の床が揺れた気がした。

どうやら霊魂が何か音を発しているらしいのだが、上総には出していると分かっても聞き取れない。

「この断末魔も、たまらないんだよな」

機嫌がよいのか、凍雪は笑顔でするすると霊魂を吸い込んでいく。

丁度煙草《たばこ》の煙が吐き出される様子を、巻き戻ししているかのような光景に上総は呆然とする。

幾らも経たないうちに霊は全て消え、後には満足そうな凍雪と、混乱を通り越しぽかんと口を開けたまま動かない上総が残された。

「さて、飯も食ったし。帰ろうぜ」

「帰るって、何処《どこ》へ？」

「上総の家に決まってるだろ」

言い返され、上総は頭を抱えた。

凍雪が悪霊の塊を腹へ収めてからすぐ、店員が奥の控え室から出てきて、上総が入る前から居た客もトイレにいた事が分かった。

通りには何事もなかったかのように車と人が行き来し、コンビニの店内で見聞きした出来事は悪い夢だったと上総は思いたかったのだけれど、現実はそう甘くなかった。

精神的に疲れ切ってアパートに戻った上総は、夕食も食べずにそのままベッドに潜り込んで、気絶するように眠ってしまった。

そして翌朝。

お化けに追いかけられるという一番嫌な内容の悪夢に魘《うな》され飛び起きたところ、腹の上で猫が熟睡していた。

「……化け猫だ」

「化け猫じゃなくて、凍雪って呼べよ」

偉そうに言う凍雪を衝動的に蹴落としたくなったが、先の割れた尾が目に飛び込んできて躊躇《ちゅうちょ》してしまう。

このまま無視するべきか、それともどうにかして追い出すべきか。

思案するうちに凍雪は上総の気配に気付いたらしく、気怠げに目を開ける。

「何じろじろ見てるんだ？　俺様の毛並みに、見とれたとか？」

「そんな訳、あるか！」

人語を話す猫というのは、とてつもなく違和感がある。

思わず勢いに任せて怒鳴ってしまったが、凍雪の機嫌を損ね取って喰われてしまうのではと身構える。

しかし上総の不安をよそに、凍雪はのんびりと大きな欠伸《あくび》を一つしただけだった。

「なあ、もう食事は済んだんだろう？　一晩泊めたんだし、早く出て行ってくれないかな」

恐る恐る提案するが、凍雪は馬鹿馬鹿しいとでも言うように鼻を鳴らす。

「俺を追い出したら、また来るぞ」

「来るって……あのお化けがか。お前が食べたんじゃないのか」

「ホテルからくっついて来た悪霊は喰ったけど。すぐに、別のが寄ってくるぜ」

「そんな。今までお化けなんて見えなかったし、偶々《たまたま》だろ」

慌てる上総を横目に、凍雪は伸びをすると人の形になる。

「元々素質はあったんだと思うけど、お前妙な所で働いてるだろう？　つまり感化されちまったんだよ。こうなると、バイトをやめても元には戻らない」

淡々と説明されて、上総は目の前が暗くなった。生活費のために始めたバイトがこんな形で人生を狂わせるなんて思ってもみなかった。

「じゃあどうすればいいんだよ？」

これから一生、大嫌いなお化けを見てしまう生活になるのかと考えると泣きそうになる。

涙目で訴えるが、返されたのは絶望的な答えだ。

「俺と一緒に、暮らせばいいだけだ」

――化け猫と同居……そんなのは嫌だ。

たとえ人の姿でも、本性が化け猫と知っていて一緒に暮らすなど怖くて堪《たま》らない。

「いや、でも。お前が食べたいときに来てくれればいいだけじゃないのか。一緒に暮らすのは流石に遠慮したい」

どうにか同居だけは回避したくて代案を出すけれど、凍雪は首を横に振る。

「そりゃ上総の勝手だけど、俺だって万能じゃない。寄ってきた悪霊が、先に上総を喰う可能性だってあるんだぞ。喰われたくないだろう？」

「当たり前だ。お前が側にいて、僕に寄ってくるお化けを食べてくれるんじゃないのか？」

「そりゃ喰うけどさ。俺だって腹が膨れたら眠くなるし、縄張りの見張りもする必要がある。離れていれば、急な事に対処はできないぜ。一緒に暮らしていれば、ここは俺の巣になるし、縄張りも主張できるから弱い連中は寄ってこない」

凍雪と暮らす事で生じるメリットとデメリットを、心の中で天秤に掛ける。化け物と一つ屋根の下、という上総としてはホラー映画以上に怖い事態か、あるいはいつの間にか入って来たお化けに食べられてしまうか。

究極の選択だけれど、命には変えられない。

「俺様と同居しないで、苦労するのは上総だ」

金色の瞳を輝かせながら、凍雪が楽しげに上総の目を覗き込んでくる。確かに、凍雪の言葉は間違っていない。

「一つ聞くけど。僕の引き寄せ体質っていうのは、改善されるのか？」

「さぁ？　けど一度なったら、山にでも籠もって修行しねぇかぎり自然治癒ってのは難しいみたいだけどな。特に大物ばっか選んで引き寄せるってのは、特殊だと思うぜ」

力を持った化け猫が言うのだから、その通りなのだろう。とすれば、上総には実質的に諦めるより選択肢はない。

「……分かったよ」

それまで逸らし気味だった視線を、真っ直ぐ凍雪へ向けた。

オカルト嫌いが治った訳ではないけれど、自分の状況を考えれば逃げてばかりもいられないと悟ったのだ。

自分から飛び込む気はないが、お化けが寄ってくるのなら対策を取らねばならない。

腹をくくると言えば聞こえはいいが、要は開き直りだ。

「お前を同居人として認める。だから、僕の事は飯係って言うな。僕とお前は対等」

「何を今更な事言ってんだよ、まぁいいけどさ。しっかし、人間てのは変なトコこだわるのな」

「分かったなら返事！　それと、僕が一人でいるときでも寄ってこない方法を教えてくれ。化け猫なら知ってるだろ」

同居を了承しても、先程の話を聞く限り凍雪も四六時中見張っていられる訳ではないようだ。縄張りの巡回や、上総が大学へ行っている間は彼と離れる事になる。

「簡単なのは、俺の匂いを付けることだな。俺の匂いが馴染むまで、毎日続ければ効果は早く出るぞ」

「匂い？　それだけ？」

もっと修行だなんだと、面倒な話をされるかと思いきや、簡単な内容に拍子抜けした。

以前、祖母の家でも猫を飼っていたから、頬《ほお》を擦り付けて香り付けをする習性は知っている。

その程度なら、十分許容範囲だ。

「上総が希望するなら、今からでも始めるぞ」

「ああ、構わないよ」

それだけで、怖いモノが寄ってこないのなら、大歓迎だ。上総が頷くと、凍雪が肩を摑《つか》みいきなりベッドへと押し倒す。

「なに……っ」

唇を重ねられた上総は、何が起こったのか分からず硬直した。しかし唇の隙間から滑り込んできた凍雪の舌に口内を嘗《な》められて、現状を把握する。

——化け猫にキスされてる！

このままリアルに食べられてしまうのではという恐怖に、上総は声にならない悲鳴を上げた。しかし凍雪は更に舌を差し入れ、濃厚なキスを続ける。呼吸まで貪る勢いで口内を嬲《なぶ》られ、息が苦しくなる。

酸欠で頭がぼうっとし始めて、やっと凍雪が唇を解放してくれた。

「……匂いを付けるって、今の……キスの事？」

「とりあえず、上総がどこまで耐えられるか試しただけだ」

こんな窒息しそうな行為を毎日するのかと思った上総は、違うと知ってほっとした。だが安堵《あんど》したのはつかの間だった。

「交尾して、上総の中に俺の匂いを染み込ませるんだよ」

「交尾っ？」

「そうだ。上総の中に、俺の精液をたっぷり注ぐだけ」

真っ赤になって絶句する上総に構わず、凍雪は続ける。

「大抵の化け物は、番《つがい》がいるって分かれば引き下がる。弱い霊なら、逃げてくぜ」

「ま、待って、凍雪。僕は男だぞ」

「そんなの、匂いで分かる」

片手でころりと転がされ、上総は俯《うつぶ》せにされた。抵抗も虚《むな》しくジーンズと下着を脱がされ、無防備な下半身を凍雪の目に曝《さら》す。

「離せ！」

「いいのか？　俺の匂いが付いてないと、もっと寄ってくるぞ」

腰を持ち上げられ、上総は必死に逃げようとして藻掻《もが》く。しかし凍雪は意に介する様子もなく、上総の後孔に口をよせてきた。

生暖かくぬるりとした感触に、上総はそこを嘗《な》められているのだと気付き羞恥に泣きそうになる。

「やめろ！　汚いだろ！」

「あのさ、上総の住んでるこのアパートって場所。大声出すと、他の人間が怒鳴り込んでくるんじゃないのか？」

嘗めながら冷静に告げられ、慌てて口を押さえる。これでは凍雪の思う壺《つぼ》だと分かっていたが、隣人に気付かれるのも嫌だ。

「別に俺は構わないぜ。誰か来たら、俺は猫に戻るだけだ。それとも止《や》めるか？　困るのは上総だけだぞ」

――最悪だ。

助けも呼べないし、逃げ場もない。

側にあった毛布の端を噛《か》み、上総は声を堪える。

「そんなに怯《おび》えるなって。乱暴にはしないから安心しろよ」

「っ……う」

前に手が回され、自身に指が絡み扱《しご》かれる。意外にも優しい愛撫《あいぶ》に下半身が反応してしまい、上総はひくりと腰を震わせた。

――まだ童貞なのに、化け猫に犯されるなんて……。

生理的な反応だと頭で理解していても、情けなくて涙が出てくる。

先走りが滴る先端を指の腹で弄《いじ》られ、舌先が後孔の縁《ふち》をなぞる。敏感な部分ばかりを責められて、性行為の経験が無い上総の体は次第に弛緩《しかん》していく。

「交尾は初めてか？」

「……当たり、前だ」

やっと凍雪が唇を離すけれど、代わりにもっと太いものが押し当てられた。

「だったら尚更、優しくしてやらないとな」

見えなくても、内股と後孔に擦《こす》り付けられる雄の大きさが想像ついて怖い。とてもじゃないけれど、それが入るとは到底思えず、上総は首を横に振る。

「頼むから、もう……止めて」

「だから、交尾しないと辛《つら》いのは上総なんだぞ。そんなに悪霊達に、追いかけられたいのか？」

「……嫌だ」

「だったら、俺の言うとおりにしろ。目を閉じて、力を抜くんだ」

どちらを選んでも最悪の結果しかないが、コンビニで見たお化けを思い出して上総は瞼をギュッと閉じた。

けれど流石に力を抜くことはできず、背中にのし掛かってきた凍雪が耳元で苦笑する。

「仕方ないか。まあ、こんなに可愛くて便利な上総を壊すのは勿体《もったい》ないからな――」

猫の鳴き声に似た声を出し、凍雪が上総の耳を軽く噛む。

すると下腹部が急に熱くなり、挿入の恐怖で萎えかけていた自身の先端から蜜がしたたり落ちた。

達したわけでもないのに、びくびくと腰が跳ねる。

「っは……なに、なんで……？」

体の芯から広がる淫らな快感は、次第に全身へと広がっていく。

「少し術を使った。初めて俺を受け入れるのは辛いだろうからな」

「だ……め……」

くちゅりと音を立てて、凍雪の先端が後孔に侵入する。その熱と太さに、疼《うず》きは更に激しくなった。

「あっぁ」

信じられないほど太い性器が挿《い》れられたのに、後孔は裂けることもなくすんなりとそれを受け入れた。

「や、嫌っ……だ」

こんな深い快楽をしってしまったら、後戻りできなくなる。

実際、凍雪が腰を進める度に上総は軽く達してしまい、自身の先からはとめどなく蜜があふれ出た。

「お前はいい餌を引き寄せてくれるからな。最高に悦《よ》くしてやるよ。俺は気が向いたときにしか交尾はしないんだが、上総ならいつでもしてやるからな」

——そうじゃなくてっ……。

「あっ」

「奥までしっかり染み込ませないとな」

両腕で上総の腰を抱きしめると、凍雪が首筋に噛みつく。根元までしっかりと挿入され、上総は獣の体位で凍雪と繋がったことを意識する。

——お腹《なか》、熱い……。

挿れられているだけなのに、下腹部が甘く疼いて堪らない。無意識に足を広げ、まるで凍雪の射精を促すみたいに彼の性器を締め付けた。

「あっぁ、凍雪……っ」

「思っていた以上に、交尾の相性もいいな」

決定的な刺激を与えられない状態で軽い絶頂を繰り返す上総の中を、凍雪がやっと突き上げた。

それは信じられないほどの快感と衝撃を上総に与え、声も出せず上り詰める。

「ひっ」

「上総も射精が止まらないみたいだな。中の締め付けも強くなってるし」

中の感触を確かめるように数回突き上げてから、凍雪が中に精を吐き出す。その量は多く、上総の最奥まで精が流れ込んでくる。

「俺の子種が分かるだろう」

「……んっ……あ」

「化け物との交尾でこれだけ感じたら、人間同士じゃもう満足できないぜ」

絶望的な宣告だが、快楽に融《と》けた上総の思考では冷静に理解することなどできない。分かるのは、射精してもまだ凍雪の雄が硬く張り詰めているという事だけだ。

「ぁ、う……凍雪……」

達してひくつく内部を、カリで容赦なく擦られる。もう抵抗などできず、むしろ自ら進んで上総は快楽を求めた。

とはいえ、初めての衝撃に体は動かない。

「とう、せつ……んっ」

「足りないんだろ？　俺も同じだ。それにマーキングは念入りにやらないとな」

「ひっ、う」

小刻みに奥を擦られ、上総はすっかりとろけた嬌声を上げ与えられる快感に溺《おぼ》れていった。


結局朝まで交尾を求められた上総は、寝不足と腰の痛みに苦しめられながらバイトへ行く羽目になった。

「凍雪……いないのか？」

ふと気付いて室内を見回しても、あの大柄な青年の姿はどこにもない。

ごく普通のワンルーム型のアパートだから、隠れ場所はユニットバスかクローゼットくらいだ。しかしいれば確実に、気配くらいは伝わってくる。

もしかしたら、昨日からの出来事は全て悪い夢だったのではと微かな希望を抱くが。すぐに現実だと思い知らされる。

「あーよく寝た」

「夢じゃなかったんだな」

がっくりと項垂《うなだ》れた上総の前で凍雪が、暢気に欠伸をする。猫の姿でベッドの端にだらしなく寝そべり、伸びをする。

その姿は、ふてぶてしい野良猫そのものだ。

「人間は大変だな」

優雅に尾をくねらせながら、凍雪が上目遣いに上総を見上げてきた。猫が人の言葉を話すというのは、やはり慣れない。

けれど今は、そんな違和感に恐怖を覚えるどころではなかった。

「遅刻だ……」

目覚まし時計を無意識に止めていたらしく、既にバイトの開始時刻を一時間もオーバーしていた。

「この間も俺が親切に起こしてやったのに、遅刻してたよな」

「この間って。公園での時の事か……まさかあれで起こしたつもりだったのかよ」

手の甲についた凍雪の爪跡は、まだくっきりと残っている。

これが頬にでも付けられていたら、友人達から恋人と喧嘩でもしたのかと、散々からかわれる羽目になっていただろう。

暢気な化け猫はまた欠伸をすると、毛布の中へ潜り込む。

「腹も一杯になったし。寝る」

「お前は出かけないのか？」

尋ねてみても、凍雪の返事はない。結局追い出すタイミングと理由を完全に逃した上総は、仕方なく出勤する支度を始める。

「どうせ化け猫だし、水やトイレは気にしなくていいもんな」

何気なく呟いた独り言に、これではまるで化け猫が同居するのを認めたみたいじゃないかと焦り、両手で自分の頬を叩く。

——しっかりしろ。そうだ、この手の事って四箇田さんに聞けばいいんじゃないか。

ともかく相手は化け物なのだから、対策は専門家に聞くのが一番と考え直す。

上総は急いでアパートを出た。すぐにスマートフォンで遅刻する旨を謝罪し、急いで電車に飛び乗る。

——凍雪に気付かれないうちにお札でも何でも作ってもらって、対策を練ろう。

しかし当てにしていた四箇田の反応は、冷たかった。

バイトに遅刻したこと自体はさして叱られなかったが、化け猫の話を持ち出した途端に四箇田が肩を竦める。

「化け猫を追い出す方法？　水の入ったペットボトルでも、玄関に置いておけば？」

「四箇田さん、僕は本気で聞いてるんですけど」

「どうせこの間言ってた野良猫に懐かれたんでしょ？　それともまだ寝惚けてるの？　情にほだされて餌をあげたりしなければ、別の所へ行くわよ」

「それはそうかもしれないんですけど、色々事情があってですね。えっとだから、化け猫を追い払う方法を教えてほしいんですけど」

餌をやりたくなくても、勝手に食べるんです。そう言いたかったが、今の四箇田に説明しても聞いてもらえる雰囲気ではない。

「吾川さんの現場復帰まで時間がかかるし、いま忙しいのよ。野良猫対策は他あたって」

しっしと片手で追い払う仕草をした四箇田は、書類の束をファイルから出してPCに資料の打ち込みを始めた。

ついでに吾川が処理する筈だった書類を山のように押し付けられ、上総は諦めて自分の机に戻った。

この事務所では基本的に、現場担当は二人一組で仕事をする。

手の空いている者がいれば四箇田も外回りに出られるのだが、今日は生憎《あいにく》全員のスケジュールが埋まっているので、自動的にデスクワークとなったようだ。

上総は仕事の合間に事務所内に残っていた何人かのお祓い担当へ話を振ってみた。

けれど大抵は四箇田と同じ反応をするか、真面目に聞いてくれたとしても『相手にした事がない』と言われ、結局何の打開策も見つけられず時間ばかりが過ぎた。

そして当たり前だが上総の事情などお構いなしで、仕事は次々に机の上へ積み上げられていく。

「ちょっと電話番してもらえるかな？」

パソコンに向かっていた四箇田に肩を叩かれ、上総は即座に頷く。

「いいですよ」

「郵便局と銀行と。あとお昼買いに行ってくるから、一時間くらいで戻るわ。じゃあお願いね」

事務員として雇われている上総の仕事は、書類整理以外に電話番も含まれている。

といっても顧客との取引は親会社が受け、細かい仕事の依頼は殆どメールで済まされる。

なのでかかってくる電話は九割の確率で、現場に出た社員からのものだ。

忘れ物を届けて欲しいとか、所長への取り次ぎや伝言がメインなので、バイトの上総でもそう緊張せずに対応できて気は楽なのである。

昼下がり。事務所付きのお祓い師も皆出払い、所長も席を外して所内には上総一人きりになった。

昨日の体験が脳裏に蘇《よみがえ》るが、事務所を空にするわけにもいかないので、なるべく思い出さないようにしながらデスクワークをこなしていく。

暫くすると、向かいの机に置かれた電話から電子音が鳴り響いた。

「はい、鈴木人材派遣です」

マニュアル通りに告げると、普段なら『お疲れさまー』と返されるのだが今回は違った。

一瞬、上総の耳に息を呑《の》む音が聞こえる。

「はい、鈴木人材派遣ですが。ご用件は？」

もう一度告げると、相手が小声で喋り出す。

「あの……」

聞こえてきたのは、若い男の声だ。風邪でも引いているのか掠《かす》れ気味で、かなり聞き取りづらい。

「そちらって……お祓いの会社ですよね？」

人材派遣という一般的な名前が、相手に不安をもたらしているらしい。上総は慣れない営業口調で、できるだけ丁寧に対応する。

「はい、こちらは『お祓い』を請け負っております。どなたかにご紹介を受けたのでしょうか？　お名前とご用件をどうぞ」

間違いではない旨を伝えると、男はほっと息を吐《つ》き、そして上総の質問には答えずいきなり捲《まく》し立てた。

「この間、知り合いの紹介で電話したんだけどさ。そしたら一週間待ちって言われてよ、そんなに待ってらんねえって。このままじゃ俺が、殺されちまう！」

「落ち着いて下さい、何があったんですか？」

「何がどころじゃない！　触ってないのに本や食器が棚から落ちやがるし、電話線引っこ抜いても電話は鳴る。おまけに寝ようとすると、包丁持った人影がベランダから入ろうとして最悪だ！」

昨日といい今日といい、立て続けに背筋の寒くなるような話を聞かされ、上総の神経は擦り切れそうになっていた。

「とりあえず連絡先を頂けますか？　現在、社員が席を外してますので、戻りましたら改めて……」

言いかけると、背後から受話器をひったくるように奪われる。驚いている上総に、いつの間にか戻ってきていた四箇田が視線で謝った。

「申し訳ありません、ただいま代わりました。……はい……宮入《みやいり》様ですね、お電話番号は……はい、変わっていませんね」

客の名前と電話番号を、四箇田がパソコンへ打ち込む。すると画面に、相手の住所と依頼内容が現れ、上総は何気なくそれを見てしまう。

――あ、あそこに住んでるのか。

住所に書かれていたマンションの名前には、見覚えがあった。

上総が通学で使う一つ先の駅前に、先月建てられたばかりの新築マンション名が映し出されていた。

確か景観を損うと地元住民から反発を受けた経緯のある、曰く付き物件で有名だ。

あれだけ散々騒がれたマンションによく住む勇気があるなと、妙な感心をしてしまう。

そんな事を暢気に考えていた上総は、四箇田が強く叱責する声に思わず姿勢を正す。

「——そうですか。ええ……落ち着いて下さい！　最初にお約束頂いた事は守っていますか？　してない？　いい加減にして下さい！」

受話器の向こうでも何か言っているのが聞こえたが、内容までは流石に分からない。しかし対応する四箇田の様子からして、どうも文句を並べ立てているようだ。

「……はい。では改めてご連絡致しますので、宮入様もご協力して下さい。では失礼します」

半ば無理矢理に電話を切ると、四箇田は椅子にぐったりと座り込んだ。

「ごめんなさいね、いきなり電話取っちゃって。なんか嫌な空気が受話器から流れてきてたから、穂積君じゃ危ないなと思ったのよ」

「いえ、そんな。助かりました。お客様からのクレーム対応は、初めてだったから」

「今の場合は、ちょっと違うけど……」

珍しく疲れた様子で溜息をつき、四箇田が肩を竦める。

結局この日は化け猫退治に使えそうな収穫もないままデスクワークを終わらせて、上総は帰宅する事になった。

遅れていたレポートを提出する為に大学へ寄った上総は、門の前で硬直した。

「なんでお前がいるんだよ！」

そこには人の姿をした凍雪がいて、上総を見つけると笑顔で手を振る。既に講義も終わり、学生の姿は少ないもののかなり注目を集めてしまっている。

「大切な餌係兼、番のお前を心配して来てやったんだぞ」

「嘘《うそ》吐け。大学に餌がないか見たいって、自分で言ってたじゃないか」

当然上総は絶対に来るなと釘を刺したけれど、この傍若無人な化け猫が素直に従うはずもない。

せめて大学に行くのなら、単独行動せず自分と一緒に来てくれと言ってしまったのが徒《あだ》となった。

「あーっ……目立つから、せめて猫の姿になってくれよ。それか、他の人間には見えないようにするとか。方法あるだろ」

赤く長い髪に黒の革ジャン姿なんて、ただでさえ目を引く。更に凍雪の容姿は、悔しいが上総から見ても見惚れる程整っていると認めざる得ない。

現にいくつかの女子グループが、凍雪に声をかけようとしており上総は慌てて教授陣のいる棟に入る。

「騒ぎを起こすと、面倒なんだよ。僕はごく平凡に生きていたいんだから」

「分かったよ。これなら文句はないよな？」

柱の影で凍雪が身を震わせる。

すると一瞬で髪は黒くなり、ライダーズジャケットはデザインスーツに替わった。

――別の意味で目立つ……。

余計女子学生の目を引きそうだと思ったけれど、これ以上言い合いをしても仕方がないと判断して、上総は歩き始める。

「次から、目に見える姿になる時はその恰好《かっこう》にしてくれ。髪の色と服が目立ちすぎるんだよ」

「折角、姉さんが見立ててくれたのに……」

ぶつぶつと文句を言う凍雪を無視して、上総は階段を上る。二階に上がったすぐの部屋が、担当教授の部屋だ。

「まだ勉強するのか？」

「今日は提出期限を延ばしてもらってたレポートを提出する為に来たんだ。だからすぐに帰るぞ」

学内でも特に厳しいと噂《うわさ》される経済学部に所属しているが、受講態度が真面目で入学してから無遅刻無欠席を誇る上総は、教授陣の受けがいい。

ブラックバイトで苦労した事も、相談していたお陰で周囲も同情的だ。

「凍雪はここで待ってて。勝手に動くなよ」

「ああ」

一こと言い置いて、上総は扉をノックする。

「失礼します、一年の穂積上総です。レポートの提出に来ました」

「どうぞ」

中に入ると、ノートパソコンに向かっていた教授が顔を上げて微笑む。若くして教授になった有名人らしいが、気取ったところがなく男女問わず学生からの評判も良い。

「すみませんでした。次からは、期限を守ります」

「あまり無理するんじゃないよ。君は真面目に講義に出るし、小テストの成績もいいからね。甘えられるうちは、甘えて構わないよ」

若いからか最近のバイト事情にも詳しく、他の教授に上総の窮状を説明し便宜を図ってくれたので頭が上がらない。

無論、上総だけ特別扱いというわけではなく、学生達から相談を持ちかけられると親身になってくれる。

「今のバイト先はどうだい？」

「ええ……所長が良い方で、色々気遣ってもらってます。お給料も破格ですし、何より講義を優先してシフトを組んで下さるので助かってます」

「それは良かった」

——本当に、それだけなら最高のバイト先なんですけどね。

まさか勤務先が『お祓い会社』なんて言える筈もない。上総は当たり障りのない説明をして、この人の良い教授にレポートを渡す。

「失礼しました」

頭を下げて部屋を出ようとすると、珍しく慌てた様子で呼び止められる。

「君、最近変な事に拘《かか》わってないか？」

まさか教授も所謂『見える人』なのかと内心焦ったが、続く言葉に胸を撫で下ろす。

「最近地方から出てきた学生を狙って勧誘するスポーツサークルがあるんだけど、実態はたちの悪い合コン系だから引っかからないように気をつけてね」

恐らく一気飲みなどを強制するサークルなのだろうけど、上総からすれば化け物と違っていくらでも逃げようはある。

「僕は大丈夫ですよ。まだサークルに入る余裕もないですし、そういうの興味ありませんから」

以前はバイト先の拘束が酷くて、サークルに入るなど考えられなかった。今は大分自由な時間は取れるものの、学業に専念したいという気持ちが強い。

「君みたいな真面目な学生が狙われてるんだよ。こちらとしても注意しづらくて、対応に苦慮しているんだ。もししつこい勧誘にあったらすぐ連絡しなさい」

――しつこいって言っても、サークルに入らなければいいだけだし。凍雪やあの黒いお化けみたいに勝手にくっついて来るなんてないもんな。

お化けと違って追いかけられたら、走って逃げればいいだけの話だ。

「はい。気をつけます」

忠告に礼を言って、上総は廊下に出る。

壁にもたれていた凍雪が、閉まりかけていたドアの隙間をちらと覗いて中の空気を吸い込む。

「あれはマシな人間だな」

「酷い言い方するなよ。僕が困ってたときに、親身になって相談に乗ってくれた教授だぞ」

咎《とが》めるけど凍雪は気にもしない。

「今時珍しく、あの男には悪いモノがくっついてなかった」

「……それって、珍しいのか？」

「人間には、何かしら悪いモノがついてるんだよ。本人が悪くなくても、一方的に恨まれたり。上総みたいに、勝手にくっつかれたりとか。でもあの男は、聖人君子だなあ」

感心したように言うので、上総もまるで自分が褒《ほ》められたかのような気持ちになった。

「だろう？　三年になったら、あの教授のゼミに行こうと思ってるんだ」

「ただ人喰いには堪らないごちそうだぞ。運良く目を付けられていないだけで、いつ喰われるか……」

「物騒な事を言うな！」

単純に喜ばしい事ではないと分かり、上総は頭を抱える。

教授に忠告した方がいいか悩むが、いきなり『命を狙われてます』などと話して信じる訳がない。

「あれ？　君、先週の合同飲み会にいた人だよね」

教授の研究室が入る棟を出た所で、いきなり声をかけられて立ち止まる。

声をかけてきた人物に視線を向けると、髪を茶色に染めた学生風の青年が親しげな笑みを浮かべて近づいてきた。だが、上総に心当たりは全くない。

青年は品のいいスーツに身を包んでおり、靴や鞄、更には袖から覗く時計もブランドを知らない上総でも高級品と分かる物ばかりを付けている。

「いえ、僕は未成年なので。勘違いじゃないですか」

しかし青年は上総の方は見向きもせず、凍雪に笑顔を向けている。

「君じゃなくて、そっちの彼。ほら覚えてないかな？　えっと、クラブで集まった時に話をしたよね」

けれど凍雪はまるで相手が見えていないかのように、視線すら合わせない。

流石に声をかけてきた青年に失礼だと思い、上総はさりげなく口を挟む。

「すみません、凍雪はここの学生じゃないんですが」

「トウセツ？　もしかして、留学生の下見？　ごめんごめん、先週の飲み会はモデルも呼んだから、その中にいた気がしてさあ」

軽い口調で謝られ、ついでのように上総にも軽く会釈する。

「俺、サークルの代表やってる宮入。よろしく」

慣れた仕草で、上着の内ポケットから名刺を出してくるが、凍雪は見向きもしない。仕方がないので、凍雪の代わりに上総がそれを受け取る。

名前とプロフィールにざっと目を通すと、彼が英文科の三年生だと分かった。

「初めまして、宮入先輩。僕は穂積といいます。こちらは、凍雪……君。まだ大学に慣れてなくて。失礼な態度ですみません」

――今日のへんなお客と同じ名前だ。

あの強烈な電話は、忘れようと思っても忘れられない。しかし特別な苗字《みょうじ》でもないので、同一人物という考えはすぐに消える。

第一、目の前の宮入はお祓いという非科学的な物を頼って、依頼をするような雰囲気には見えない。

何より明るいし元気がいい。

事務所に入ってから、直接訪れて相談していく依頼人を何人も見てきたが、全員揃ったようにやつれ憔悴《しょうすい》している。

「いや、気にしなくていいよ。まだ日本に慣れてないのかな？　ていうかその感じだと、穂積君もうちのサークル知らない？　結構有名なんだけど」

「聞いたことは、あります」

代表が誰かは知らなかったが、サークルの存在自体は学生内では有名だ。

他校との交流や大学内の行事には率先して参加をし、所謂『盛り上げ役』として認識されている。ただ最近では、馬鹿騒ぎを起こして問題になり、一部の教授陣からは問題視されているとの噂も出ていた。

それでも表立って注意を受けないのは、長く続いているサークルであり、歴代の代表がボランティア活動などで貢献をしてきた実績を買われていると聞いている。

「トウセツ君がうちのサークルに来てくれたら、有り難いんだけどな。君からも頼んでおいてくれないかな。折角だから君も一緒に来てよ。代金は二人分タダにするからさ」

聞かなくても、自分が通訳扱いされてると分かるが、あえて訂正する必要もないと考える。ここで凍雪が余計な事を言えば、面倒が増えるだけだ。

凍雪が外国人で、言葉が通じないと勘違いしてる宮入は、今度は上総に愛想の良い笑顔を向けてきた。

「テニスサークルってなってるけど、メインは飲みと人脈作りだからさ。トウセツ君を誘ってくれたら、君にも女の子紹介するよ」

「いえ、僕は……」

「いつでも連絡して。そう硬く考えないでさ、ちょっと遊ぶ程度の感覚で来ればいいから。丁度、明後日に他校と合同のパーティーやるんだ。服が必要なら貸すし、なんだったら車も手配するから」

一方的に話をして、宮入は立ち去ってしまう。名刺を持ったまま、ぼけっと立っていた上総は、凍雪に名刺を取り上げられて我に返った。

「凍雪、一応人間の恰好してるんだから、挨拶くらいしてくれよ」

「すっげー不味《まず》そう……ああ、やっぱ不味いな。本体が汚れきってるから、引き寄せられるのも汚いし不味いモノばっかりだ」

「え?」

見れば凍雪は、名刺から黒いもやのような何かを引きはがし口に運んでいた。いかにも不味そうに顔をしかめながらも、数回咀嚼《そしゃく》してそれを飲み込む。

「ったく、本来あいつに取り憑いてたのが、上総に誘われて名刺についてこっちへ来たんだよ。まだあいつの背中に、山盛りでくっついてたけどな」

「宮入先輩、取り憑かれてたのか？」

話をしている間は、憔悴した様子もないし凍雪が食べている黒いもやも見えなかった。半信半疑で問う上総に、凍雪は面倒そうに肩を竦めた。

「自分がヤバイ事してるって、自覚がないと取り憑かれてても分からないもんだ。ああいうヤツは、本格的に手の施しようがなくならないと自覚しないからな」

吐き捨てるように言う凍雪に、上総は考え込む。

——嘘とは思えないけど。でも、宮入先輩は元気そうだったし。まさか、教授が言ってたサークルって、宮入先輩の……？

「もうあれには近づくな。上総まで汚れる」

凍雪が手にした宮入の名刺に息を吹きかけると、青白い炎が立ち上り燃えて消えた。

大分麻痺《まひ》していたが、改めて凍雪が化け物だと思い知る。

しかしこれまでの上総なら悲鳴を上げて倒れてしまってもおかしくないが、何故かほっと安堵している自分に気付いた。

——心配してくれてるのかな。

化け物に心配されるのは、複雑だ。所詮上総は、凍雪から見れば餌をおびき寄せる道具に過ぎない。

今更ながら、上総は凍雪とどう距離を取ればいいのか悩み始めていた。

アパートへの帰り道。上総は思い切って、凍雪に他愛のない話題を振ってみた。

「あのさ、よく考えたら、僕は凍雪が化け猫ってことしか知らないんだよな。その、家族とかいるのか？」

これまで凍雪と会話する事自体、極力避けてきたので名前以外、この化け猫の事はよく知らない。

知りたくもないと思っていた。

けれどこうして、先程のように知らない間に悪い物を引き寄せてしまったら必然的に凍雪の力は必要になる。

追い出すこともできなくなるだろうから、コミュニケーションを取って程よい関係を築いた方が自分のためになると上総は判断したのだ。

「家族なら、すっげー美猫の姉さんが一人いるぜ。雷華《らいか》って名前で……」

「そうじゃなくてだな」

更に化け物の同居人が増えては堪らないので、上総は話題を変えた。好きな食べ物や、これまでどこにいたのかという簡単な質問だ。

しかし『好きな物は、霊魂と魚。日本中をふらふらしてた』という、話題の広げようのない答えだけだ。

代わりに上総の方が、ブラックバイトや家族構成、更には恋人すらいなかった事実を言わされてしまった。

上総が童貞だと知ると、途端に凍雪の機嫌が良くなり鼻歌まで歌いだす始末。泣きそうになりながら家路を急ぎ、玄関の鍵を開けて中に入った上総は、その場で硬直した。

「お邪魔してるわよ」

ゴシックロリータと呼ばれる黒いドレスを着た幼稚園児くらいの美少女が、寛《くつろ》いだ様子でココアを飲んでいたのである。

ラグの上に細い足を投げ出し、その周囲には長く赤い髪が優雅に広がっている。

部屋を間違えたかと思ったが、置いてある家具は上総がなけなしの貯金で買い揃えたものだ。

ついでに少女が飲んでいるココアも、週に一度の楽しみとして大切に保管してある高級品である。

「雷華姉さん！」

「姉さんっ？」

困惑している上総の横をすり抜け、凍雪が喉を鳴らしながら少女に抱きつき平坦な胸に頬をすり寄せている。第三者が見れば、犯罪すれすれの光景だ。

——そういえば、凍雪の服はお姉さんが見立てたとか言ってたっけ。

改めて二人の服装を見て、上総はなるほどと納得する。

「久しぶりね、凍雪。全く体ばっかり大きくなって、昔と全然変わらないんだから」

ころころと鈴の鳴るような笑い声を上げる雷華と呼ばれた少女は、まるで人形のように可愛らしい。

凍雪は野性的で整った容姿だが、雷華はまさしく『華』と形容するに相応《ふさわ》しい。けれど二人が姉弟と言われても、似ているのは髪の色だけだ。

「あの、もしかして君も化け猫？　雷華ちゃんていうの？」

「人間風情に、教える筋合いはない。それと気やすく名を呼ぶな」

凍雪に対する時とは打って変わって、雷華は冷たく言い放つ。

ココアの入ったマグカップを両手で大切に抱えたまま、雷華が一睨《ひとにら》みすると赤い髪が一房うねって、上総の額を軽く叩いた。

「っ……痛っ」

「姉さん、上総は俺の番なんだぞ！　酷い事をしたら、いくら姉さんでも許さないからな！」

すぐに凍雪が割って入るが、どうやら姉である雷華には頭が上がらないらしく威勢良く啖《たん》呵《か》を切ったがその顔からは血の気が引いている。

「人間が番？　凍雪、本気なのか？　その人間に騙《だま》されてはいないだろうな」

番という単語には反論したかったけど、この状況で否定すれば命に関わると上総の本能が警告を鳴らす。

「えっと、番の穂積上総です……その、色々ありまして」

「そうか。なら仕方がない。しかし凍雪を裏切ったら、この髪で絞め殺してやるからな」

可愛らしい少女の口から、酷く物騒な単語が零れ出る。

深く考えず、目先の命乞いをしてしまったと気付いたがもう遅い。

隣で凍雪は上機嫌で満面の笑顔を浮かべており、雷華も心なしか表情が穏やかになっている。

「美味い飯も引き寄せてくれるし、最高の嫁さんなんだ」

「食事で凍雪に取り入ったか。人間にしては、なかなかやるな」

全然嬉しくない褒め方をされても、ここは愛想笑いで凌《しの》ぐのが最適だろう。

「ねえ凍雪。このココア気に入ったから、買ってきて頂戴。隣町のデパートにお店があるわ」

「分かったよ、姉さん」

返事をするなり飛び出していった凍雪を呆然と見送っていた上総だったが、この得体の知れない少女と二人きりにされたと気付いて内心焦る。

——どうしよう。何か話してた方がいいよな。

「あの、お姉さん」

「その呼び方の方が、嫌だわ」

凍雪がいなくなった途端、先程よりも更に敵意を剝《む》き出《だ》しにした雷華が睨み付けてくる。

「じゃあ、雷華、さん。お知恵を借りたいのですが。僕の引き寄せ体質は治せないんでしょうか？」

凍雪が自分を番と紹介した時の反応からして、雷華は上総のことを快く思っていないのは明白だ。

弟の手前認めてはいるが、人間と縁続きになるのは嫌なのかも知れない。お互い『離れたい』という点では、利害が一致している筈だ。

「その体質が治れば、凍雪が離れると考えているのか」

心を見透かした様に、雷華がくすりと笑う。愛らしい笑顔なのに、その目だけは苛立《いらだ》ちを隠さずぎらついていた。

「わたしとしても、お前が弟の番とは認めたくないのが本音だ。しかし体質だけで、あいつも選んだ訳ではあるまいよ。とりあえず質問に答えてやろう。体質はどうしようもない。そして凍雪に愛想を尽かされないように、精々餌を集めることだ」

つまり『解決策は無い』のだとあっさり宣告されて、上総は肩を落とす。

「諦めて今のバイト先に就職して、高給取りになればいいじゃない。人はお金が大好きなんでしょう？」

「なんで知ってるんですか」

「わたしは凍雪の姉よ。全てお見通し」

どこか見下した雰囲気を感じ取るが、反論する勇気などなかった。

いきなり雷華に手を摑まれ、指先を嘗められる。色気や愛らしさとはほど遠く、まるで味見でもするような仕草に、全身が総毛立った。

「それにしても……随分と、凍雪の香りが染み込んでるわね」

にたりと笑って、今度は指に歯を立てようとする。咄嗟《とっさ》に上総は手を引いたが、自分の半分もない白い手はびくとも動かない。

食べられると覚悟したその時、玄関から凍雪が飛び込んできた。

「食べちゃ駄目だよ姉さん。上総は番だって言っただろう！」

何事もなかったかのように微笑む雷華が手を緩めた瞬間を見逃さず、上総は急いで手を引くとできる限り離れた場所に後退《あとずさ》る。

「あらごめんなさい、美味しそうだったからつい噛みつくところだったわ」

人形のような可愛らしい顔から、一瞬にして化け物じみた笑みに変わる。目尻はつり上がり、大きく裂けた口からは尖《とが》った歯が覗く。

「ひっ」

お化けも嫌いだが、ホラー映画も同じくらい苦手な上総は、耐えきれず座ったまま気絶した。

凍雪が上総の生活へ踏み込んできて、二週間が過ぎた。

余りに非現実的な出来事が続き頭を痛める上総だが、朝目覚めれば人語を喋る猫がいて黒いもやのような物を食べている。

ホラー映画のような霊は見なくなったものの、代わりに妙な者達が頻繁に現れるようになった。

彼等は人を装って上総に近づくが、凍雪や雷華ほど上手く化けられず、尾やかぎ爪など、何かしら人ならざる部分があるのですぐに見分けがつく。

どうやら上総を『餌を引き寄せる便利な道具』として使いたい化け物だと、凍雪から教えられた。

当然上総はお断りだが、化け物達はにこやかに勧誘したり力尽くで攫《さら》おうとするのでたまったものではない。強硬手段に出ると、凍雪が出てきて彼等を追い払うのだが、それも見ている上総からすれば気分のいい光景ではなかった。

ようは化け物同士の、盛大な喧嘩《けんか》である。

派手なスプラッタ映画さながらの光景が、匂いつきで展開される。どうにか失神しなくなったけれど、だからといって慣れる物でもない。

——こんな生活、もう嫌だ。

もう何匹目か分からなくなった血だらけの化け物を部屋に運び込み、上総は溜息をつく。

彼等は凍雪と同じように、歳を経た動物が化けている場合が多い。猫や犬、中にはハムスターまでいたのには驚いた。

凍雪に負けてぼろぼろになった化け物達は、大抵本性である動物の姿に戻ってしまう。それを路上に放置するのは可哀想《かわいそう》な気がして、上総は動物たちが動けるようになるまで面倒を見るのが日課になっていた。

「もう追い出せって。折角追い払ってやったのに、どうして家に連れてくるんだ」

つい一時間ほど前まで、凍雪と壮絶な喧嘩をしていた化け物だが、今は本性である犬に戻ってしまい上総の膝の上で震えている。

「凍雪は過剰防衛なんだよ。相手が負けを認めても、嚙みついたままだったのは凍雪だろ」

毛布に包《くる》まる凍雪が優雅に伸びをして、苛立ちを隠しもせず唸る。

初めはお化けを食べてくれる凍雪の存在が有り難いと思っていたけれど、毎日のように自分を狙う化け物と血みどろの喧嘩を見せられてすっかり参ってしまっていた。

ただ流石に凍雪が相手を殺すのは抵抗があったので、上総を狙う化け物が『二度と近づかない』と約束した時点で殺し合いを止めるようには説得した。

結果、こうして争いが終わると倒れた化け物の手当てを上総がするのだ。

「もう夜中だぞ。そろそろ交尾の時間だ」

「……っ……分かってる。食事させたら、帰らせるから。——お前ももう、近づくんじゃないぞ」

小型犬の姿に戻った化け物は、哀《かな》しげに鼻を鳴らす。スーパーで買ってきた安売りのドッグフードを食べてもらい、もう一度念を押してから家から出てもらう。

すると早速凍雪が近づいてきて、服越しに上総の体を弄りはじめた。

「なあ、本当に毎日しないと駄目なのか?」

「俺の精液の匂いで、低級の霊は近づいてこないんだぞ。いま交尾を止めたら、上総が大嫌いなお化けをしょっちゅう見ることになるけどそれでもいいのか?」

凍雪の言うとおり、毎晩求められて疲れるけど、怖い『お化け』は見なくなった。四箇田達社員に届け物をする際、現場にまだ祓い切れていない霊がいることもあるらしいが、言われても上総には全く見えない。

——凍雪のお陰なのは分かるけど……っ。

首筋に歯を立てられると、自然に体が疼き始める。

交尾を重ねる度に、得られる快感が深くなっていると自覚している。体が慣れてきているのか、それとも凍雪が淫らな術を上総に施しているのかよく分からない。しかし、化け物である凍雪と、淫らな行為を続けるのは良くないのではと思い始めていた。

「今夜も、上総がキモチイイことだけしてやるからな」

何処か楽しげな凍雪に、上総は真っ赤になって俯く。他の化け物から上総を守るときは、それこそ鬼の形相で戦うのに、交尾を始めると途端に優しくなる。

それは『餌を呼び寄せる上総へのお礼』だと分かっているが、甘い言葉と独占欲を言葉と体で毎晩ぶつけてこられると、凍雪が化け物と知っているのに絆《ほだ》されてしまう自分がいる。

――僕は都合良く使われているだけだ。

身勝手で、凶暴な化け猫。それが凍雪の本性なのだと何度も自分に言い聞かせる。

「っ、あ。凍雪」

乳首を爪で引っ掻かれ、甘ったるい声を上げてしまう。すると凍雪に軽々と抱き上げられて、ベッドへと運ばれる。

「番との交尾は、ちゃんとベッドでするって約束したのは忘れてないぜ」

以前興奮した凍雪に玄関先で押し倒され、両膝に大きな痣《あざ》を作った。痛みは大してなかったけれど、凍雪が酷く反省しそれ以来交尾はベッドでという取り決めになったのだ。

――どうせ僕は、餌係なのに。

たまに優しくするから、気持ちが揺らいでしまうのだと思う。

「上総……」

背後からのしかかってくる凍雪の体温を感じながら、上総はこれから与えられる淫らな欲望に身を任せた。


鈴木《すずき》人材派遣は、基本的に年中無休だ。

土日と祝日出勤が喜ばれるのはどこの業界も同じらしく、平日は講義中心にシフトを組ませてもらう代わりに、確実に休日の出勤をする上総《かずさ》はとても重宝されている。

上総は仕事の空き時間を見つけては、大嫌いなオカルト系の資料に目を通しているが、やはり化け猫対策に繋《つな》がる資料は見つからない。

こうなったら自棄《やけ》とばかりに、『化け猫退治を依頼した場合、幾らかかるのか』と四箇田《しかた》に尋ねてみたところ、『大物は七桁取られるよ。社員割引使っても五年は借金地獄ね』と教えられ泣く泣く諦めた。

この世に妖怪やお化けはいても、神はいないのかと悲嘆にくれる日々である。

そしてもう一つ、上総の神経をすり減らす要因が増えた。

「はい？　ええ、ですから先程申しました通りです。いい加減にして下さい」

四箇田が受話器を置くと同時に、また電話が鳴る。かけてきている相手は、例の宮入《みやいり》という客だ。

「こちらの指示した通りにして下さいと何度も申し上げたでしょう！　それが貴方《あなた》を守る事に繋がるんです……どうして一週間くらいの、禁酒禁煙ができないんですか？　真面目に考えて下さい！」

——また宮入さんか。

余程切羽詰まっているのか、宮入からの電話は日毎に増え、今では嫌がらせかと思えるペースでかかってきている。

これには四箇田や所長も頭を抱え、さっさと依頼を片づけてしまおうという結論になった。けれど運の悪いことに担当が急に寝込んでしまい、他の社員も現在受け持っている仕事で手一杯な状況が続いているのだ。

「鈴木所長は、お祓いできないんですか？」

「できたらとっくに行ってるよ。わしは神主の資格はあるけれど、現場の仕事は無理なんだ。だからって、四箇田だけ行かせるのも危険があるしなぁ」

「全く！　これじゃ仕事にならないじゃない！　前の担当はノイローゼになっちゃうし、宮入のケースは私くらいじゃないと対処できないし……どうすりゃいいのよ」

肩を竦《すく》め諦めムード漂う所長とは反対に、四箇田は爆発寸前といった様子だ。

「大丈夫ですか？」

「半分以上自業自得なのに、自覚がないみたいでお祓いしろの一点張り。ああいうのは本人次第だから、前の担当の子がまず生活改善からって指示してたみたいだけど、全然聞いてなかったようね」

「自業自得？」

オウム返しに聞き返すと、しまったという顔をして四箇田が口元を押さえた。

「ごめん、今の聞かなかった事にして。穂積《ほづみ》君も少しすれば、分かるようになるわよ」

依頼人の個人情報は、基本的に秘密厳守である。

同じ会社で働いている者同士でも、余程のことがない限り、顧客の情報交換はしない。

今の発言程度なら、さして問題にもならないだろう。

けれど、お祓い一筋でやってきた彼女にしてみれば、内容より新人に愚痴った事の方が堪《こた》えているようだった。

四箇田は時間の大半を宮入からの電話対応に割かれ、業務が滞っている。

上総としては手伝いたかったのだが、新人に今回のクレームの対応は難しいと言われ、少しの手助けも許してもらえていない。

というか、宮入の話に納得できない所長が意図して上総を遠ざけている。

どうやら宮入は「厄介な依頼者」で、お祓いでも対処は限界があるらしい。

根本的な解決方法は、本人の人間関係トラブルの解決と説明しているが納得していないと言うのだ。

「——それじゃ、お先に失礼します」

「お疲れ様」

終業時刻を告げるチャイムが鳴ったのを幸いとばかり、上総は席を立つ。険悪なムード漂う事務所から足早に出ると、大きく息を吸い込んだ。

オカルト嫌いでお祓いする力もなく、その上事務の手伝いしかできない自分を上総は初めて歯がゆく思った。

「お化けなんか、同居しているあいつで十分だけど、何とか……そうだよ、凍雪が居るじゃないか」

ぽんと手を叩《たた》くと、上総の足取りは心持ち軽くなった。凍雪が現れてから今日まで、こんなに明るい気持ちで家へ向かった事はない。

「凍雪、いるか？　いたら返事しろ！」

自室のドアを開けるなり、上総は叫ぶ。すると猫の姿で椅子に鎮座してテレビを見ていた凍雪が、耳だけを上総に向ける。

「今いいところなんだよ」

板前がマグロを捌《さば》いている様子を凝視している凍雪へ、上総は構わず声をかける。

「そんな料理番組より、現実のお化けを食べたくないか？」

言うと凍雪が振り向き、にいっと笑う。

正直この笑みはいかにも化け物的で気色悪いのだが、これからしてもらう事を考えればそう嫌な顔もできない。

「そういえば最近、小物しか口にしてないからな。何か良さそうな獲物があるのか？」

小物を食べていた、という事は無意識に何かを引き連れていたのだろう。

上総は卒倒しそうになったが、懸命に堪《こら》える。

「仕事先にきた依頼なんだけど、ちょっと事情があってお祓いできないんだ。凍雪ならさっと行って、ぱくっと食べてこられるだろ？　こっちは依頼を一つこなせるし、凍雪は美味《おい》しい物が食べられるし。お互い利害一致で良くないか？」

「……上総、その相手に会ったか？」

「電話で話しただけだよ」

てっきり二つ返事で乗ってくると思った凍雪は、また視線をテレビへと戻してしまう。

「上総について来ねえのは、美味くねえんだよ。だから行きたくねえ」

「そんな、頼むよ。宮入って依頼人が、最近毎日電話かけてきて仕事にならないんだ。頼む凍雪！」

化け猫に頭を下げる事になるなんて想像もしていなかったが、この際構っていられない。

「じゃあ一つだけ約束しろ」

「なに」

「俺も喰いたくないものがある。もし口に合わなかったら、絶対に喰わねえ。上総も二度と、その話はするな」

「分かった、無理は言わない。約束する」

あんな気持ちの悪い物を食べておいて好き嫌いがあると聞かされても、上総にはいまいちぴんとこない。

けれど折角その気になってくれたのだから水を差すのも何なので、上総は詮索しない事にした。

「それじゃ行くか」

気付けば凍雪はいつの間にか、人間の姿に変化していた。

相変わらず人間の形をした凍雪の姿は、背がすらりとして高く顔立ちも綺麗《きれい》なのでモデルと言っても通用するだろう。

しかし中身は、正真正銘化け猫だ。化け物のくせに、自分より遥《はる》かに整った顔立ちをしている辺りが癪《しゃく》に障る。

「どうした？　俺に見惚《みと》れたか？」

「馬鹿。化け猫に見惚れる訳ないだろ」

見惚れる訳もないし、かといって嫉妬心を向けているなど人間としてのプライドが許さない。ともかくこの場は事を荒立てるのは良くないと判断し、上総は胸に溜《た》まった苛立《いらだ》ちを押さえ込む。

「遅くなる前に行こう」

上総に促され、凍雪は渋々といった様子で外へ出た。

電車を使いたくないと言う凍雪の言葉に、上総は歩いて目的のマンションまで向かう事にした。

一駅といっても大して距離はないので、徒歩でも一時間もかからないで到着する。

日も落ちて暗くなった道を歩きながら、上総はそっと凍雪の方を盗み見る。

暗い道を歩くのも苦手なのに、化け物連れで出かける事になるなんて少し前までは想像もしていなかった。

心持ち怯《おび》えた様子の上総を余所《よそ》に、凍雪は夜風に髪をなびかせふらりふらりと半歩前を歩いている。

「あのさ、凍雪。どうして、僕なんだ？」

「言っただろ、メシ係だって」

「だから、僕以外にもその『引き寄せ体質』ってのは居るんだろ？」

ずっと疑問に感じていた事を告げ、上総は凍雪を見据える。

「いるにはいるが、全員が同じじゃないんだよ。雑魚《ざこ》しか引き寄せないのもいるし、数年に一日しかその体質にならないヤツもいる。上総はその点安定して引き寄せるし、寄ってくるのも大物が多くて美味い」

告げられた理由は、化け物の理論とはいえ上総にも理解できた。けれど理屈は分かっても、感情的には納得いかない。

怒りの矛先は、自然と凍雪の方へ向いてしまう。

この化け猫が現れた日から、平穏な日常は消えたのだ。そんな上総の考えを察したのか、凍雪は不機嫌そうに顔を顰《しか》める。

「勘違いされると面倒だから言うけど、俺は悪くないぞ。それどころか、感謝されたって足りない位だ」

何故化け猫に感謝しなくてはいけないのかと、上総は首を傾《かし》げる。

「『見る』事どころか、『感じる』事もできなかったんだろ？　それが今じゃ、大物に限って『見る』事ができるようになってる。もっとも俺の姿は、わざと見せてやってるけどな」

「わざと……なのか？」

「当たり前だろ。人間の目を誤魔化す事くらいできなくて、化け猫なんざやってられねぇよ。

お前の同僚も、気付いてねぇだろ？　ちょっとばかり霊感ある程度じゃ、気配も感じない筈《はず》だぜ」

けらけらと馬鹿にした様子で笑う凍雪を、上総は驚きの眼差《まなざ》しで見つめる。

確かに四箇田や所長でさえも、自分につきまとう凍雪の存在を認めてはくれなかった。

お祓い師という特殊な職業で生活している彼らにさえ、気配すら感じさせない凍雪は相当厄介な化け物なのだろうと、知識の浅い上総でも察する事ができた。

「けど上総は飯係だし、側《そば》にいられた方が便利だろうと思ってさ。話戻すけど、元々そういう体質だったんだよ。表に出なかっただけでさ、周りにいる連中に感化されて、上総にとっちゃ不便な状況になったって訳。だから俺が居なくても、近いうち見えるようになってたぞ」

近づいてきた凍雪が、上総の肩を大げさに叩く。

どうせ厄介事を背負い込むのなら、できるだけ気分良く背負い込みたい。

無茶苦茶な考えだと自分でも思ったが、現実の方が数倍非常識だから構わないと無理に納得してみる。

「何笑ってるんだ？」

「僕は意外と強かったんだなって、気付いたから」

人間は理解できない、と呟《つぶや》く凍雪の言葉にまた笑みを深めながら、上総は夜道を急ぐ。

住宅街を抜け、駅から伸びる大通りへ出ると目指すマンションが見えた。

景観を損ねるからと、住民側とトラブルになっただけあって、周囲の建物の倍程の高さがある。

しかし新築マンションなのに、灯《あか》りのついている部屋は片手で数える程だ。未《ま》だ建築会社と住民が揉めている物件へ、堂々と入居する人間は少ないのだろう。

「僕は社員を名乗るけど、凍雪は僕の個人的な友人で職業は『お祓い師』って事で誤魔化すから、余計な事言うなよ」

「何でも好きにしてくれ。俺は腹がふくれればそれでいいよ」

オートロック式のマンションなので、入り口で依頼人の部屋番号のインターフォンを鳴らす。電話で散々部屋番号を連呼されていたので、メモを取らなくても記憶済みだ。

すると程なく、聞き覚えのある声が響いた。

「……誰だ？」

「夜分に申し訳ありません、鈴木人材派遣の穂積と申します。ご依頼頂いた件に関しまして、お話ししたい事があるのですが」

「良かった！　すぐにあけるから来てくれ」

怯えを含んでいた声が一気に明るさを取り戻し、上総はそれを聞いただけでも来て良かったと思う。

彼のせいで仕事に支障が出るのも問題だが、それは霊障に悩まされての結果であって、悪いのは彼にまとわりついている霊と呼ばれる物のせいだ。

見えない物に怯える恐怖は、人一倍恐がりな上総としてはよく分かっている。

だから早く彼から目に見えない物を取り除き、平穏な日常へ戻してあげたくて、自然と足取りは速くなった。

「そんな上総が急いでも、エレベーターが速く進む訳じゃないだろ」

「うるさい」

エレベーターの扉が開くと、上総は廊下の一番奥にある部屋へ向かう。

「臭いな」

ぽつりと、凍雪が呟く。

「そうか？　何も匂わないけど」

「……本当に、鈍いんだな」

「え、まさかお化けって匂うのか？」

上総の問いには答えず、凍雪は周囲の様子を窺《うかが》っている。

だがこれといって妙な事は起こらず、二人がドアの前に立つと、待っていたのかすぐに開いた。

玄関に出てきた依頼人を見て、互いに目を見開く。

「宮入先輩？」

「トウセツ君と……その通訳君だよね？　えっと一年の……」

「穂積上総です。鈴木人材派遣には、バイトで入っているんです」

あれから何があったか分からないけれど、宮入の頰《ほお》はこけまるで別人のようだ。雰囲気もどことなく陰鬱で、話しかけてきたときに感じた明るさは微塵《みじん》もない。

恐らく連日続いているのだろう見えない恐怖が、彼の外見をここまで変貌させたに違いないと考える。

「前に電話で話をした四箇田は？　あいつが俺の担当なんだけど」

不審そうに二人を見る宮入へ、上総は名刺を差し出す。同じ大学の先輩後輩だが、ここはビジネスライクで話を進めた方がいいと判断する。

「四箇田は外せない仕事が立て込んでまして。今回の件は僕の独断ですが秘密は厳守します。凍雪は個人的にお祓い業をしているので、彼に頼んでみたんです」

「じゃあ代理って事？　まぁお祓いしてくれるならどこの会社の人でも構わないよ。金ならいくらでも払うから早く追っ払ってくれないかな」

よく服装を見れば宮入は大学で出会った時と違い、今は薄汚れたトレーナーにハーフパンツという姿だ。

「立ち話もなんだから、とりあえず上がってくれよ」

――なんだ、生ゴミ？

玄関に入った途端、饐《す》えた異臭が鼻を突く。その正体はすぐに判明した。

リビングへ続く廊下には、空の缶ビールやコンビニの弁当が転がり羽虫が飛んでいる。

「失礼します」

「ちょっと散らかってるけど気にすんな」

奥のキッチンダイニングに入ると、上総は息を呑《の》んだ。

建てられてまだ間もない新築マンションなのに、壁はカビのせいで所々黒ずみ、幾つもの引掻《ひっか》き傷がつけられている。

床には割れた皿や卵などの食材が散乱し、放置されたそれらが腐って異様な臭いを放っていた。

大学生が住むには広すぎる部屋と、モデルルームさながらの家具が置かれているが、余りに汚れきっていて羨ましいとも思えない。

「凍雪、さっき言ってた匂いってこれ？」

廊下で凍雪が呟いた言葉を思い出しこそりと問うてみるが、凍雪は首を横に振る。

そんな二人の遣《や》り取《と》りには気付いてないようで、宮入が大きな冷蔵庫から缶ビールを出して渡してくる。

「驚いただろ。勝手にこんなんなっちまうんだ。良かったら飲んでくれよ」

「仕事中ですので……」

「なんだよ、堅苦しいな」

未成年と知っている筈なのに、酒を勧めてくる宮入に少し不信感を覚えた。しかしそれも、室内を改めて見回したところでどうでもよくなる。

リビングに置かれた革張りの黒いソファは、所々引き裂かれスプリングがはみ出している。どの家具も何かしら大きな傷が付けられていて、まるで嵐が通り過ぎたようだ。

宮入は構わずソファに体を沈めると、疲れ切った顔で缶ビールを開けた。

「最初は寝室に置いてあった本がキッチンに移動してたり、物がなくなったりでさ。まさか幽霊なんて信じてなかったから、自分で置いたの忘れたのかな、なんて思ってたんだけど……段々酷《ひど》くなって、ここ何日かは夜になると皿は飛ぶ、壁紙は剝《は》がされるは何かが走り回るはの大騒ぎ」

宮入は一度言葉を切ると、一気にビールを飲み干して空の缶をベランダに向けて投げ付けた。

大きな窓を紫色の分厚いカーテンが塞いでいるが、それにもナイフで切り裂いたような跡が残されている。

「最悪なのは、あそこから何かが入って来ようとしてるんだ。一度だけ見たんだけど、確かに包丁持ってたな。泥棒かとも思ったんだけど、ここ最上階だろ。屋上は鍵がかかってて、管理人しか入れないって言われてるし。下から登ろうとしても、警報器が鳴る仕組みになってる」

饒舌《じょうぜつ》なのは余裕があるわけではなくその逆で、話をする事で恐怖を紛らわせようとしているのだ。

その証拠に、宮入の視線は落ち着かない。何かを探すような様子できょろきょろと動き、少しでも音がするとびくりと肩を竦める。

真っ青になって説明する宮入が、懇願するように二人を見つめる。

「頼むよ、オレを助けてくれ！　このままじゃ、殺される」

「落ち着いて下さい。凍雪、早く……」

怯える宮入に、上総は助けを求めて凍雪を仰ぎ見た。

しかし凍雪はこの間のように楽しげな笑みを浮かべるでもなく、それどころか不機嫌そうにしている。

「あんた、どうして殺されるって思ったんだ」

これまでの話を聞いていなかったのか、凍雪は随分的外れとも思える質問をした。

「え？」

「何言い出すんだよ、包丁持って立ってれば誰だって……」

呆気《あっけ》にとられる宮入の代わりに、上総が幾らか怒りを含んだ口調で説明しようとしたが、凍雪はあっさり言葉を遮り宮入と対峙《たいじ》する。

「上総には聞いてない。あんた、どうしてそう思ったんだ？」

日本語が通じないと思っていた相手が、流暢《りゅうちょう》に喋《しゃべ》り始めて驚いているのか、宮入はきょとんとしている。

「だから、上総君が言った通りだって」

「違う。あんたが見たモノは、包丁なんて持ってない。信じてもらえるように、後からつけた妄想だろ」

断言する凍雪と怯える宮入を交互に見ていた上総は、ある事に気付く。

てっきり宮入を見ていると思っていた凍雪の視線は、彼の背後へと向けられているのだ。

「感じ取ったんだろ、殺意を。自分に負い目があるから、余計過敏になってるな」

「言ってる事が、訳わかんねえよ！　本当にこいつ、お祓いできるのか？　騙《だま》して金取ろうとしてんじゃねえだろうな！」

それまでの悲壮さとは一転して、宮入が怒鳴り散らす。その変貌ぶりに驚いた上総は、本能的に彼から数歩離れ距離を置く。

「三人、四人……随分苦しめてるなぁ。お前にまとわりついてるのは、全部生き霊だ。お前のせいで家庭を滅茶苦茶にされて、恨んでる。『脅迫』とか『結婚詐欺』って言うのもやったな？　どうして他人の幸せを奪う？　何も得るものはないのに」

予想もしていなかった凍雪の言葉に、上総は慌てた。

「知るわけねえだろ、俺のせいじゃない。勝手に向こうから言い寄ってきたんだよ。こっちがちょっと都合のいい事を話したら、ころっと騙されてさあ。あんな嘘《うそ》に引っかかる方が、どうかしてるぜ」

宮入は言葉遣いだけでなく、表情まで荒々しく変化していく。般若のごとく目をつり上げ、悪霊のような顔つきになっていく。

「だったらどうして、相手の家族まで傷付ける？　心を病んで、病院へ送られたヤツ。家の周りにビラをまかれて、外へ出られなくなったヤツ。色々いるなぁ」

「おい穂積、こいつ黙らせてさっさとお祓いしろよ！」

凭《もた》れていたソファから立ち上がると、宮入は手当たり次第に落ちている物を凍雪へと投げつけ始めた。けれど化け猫である凍雪は人間になっても動作は俊敏で、何一つとして掠《かす》りもしない。

「金なら払うって、さっきも言っただろ！」

「無理だ。俺は生き霊は喰いたくねぇ、マズイから」

「……くう？　なに言ってんだ？」

「俺は取り憑《つ》いてる悪霊を喰うんだ。けど生き霊はマズイし、喰えば本体の命も取り込むことになるから最悪死んじまう。それは止《や》めろって、姉さんから止められてるんだ」

上総も初めて聞く凍雪の食事内容に、少なからず驚いた。

「仮に喰ったとしても、一時的に近寄らなくなるだけで本体の周囲が恨み続ける限りいつ攻撃されるか分かんねぇしな。手っ取り早いのは、あんたが恨みかってる連中の所へ行って、頭下げればいいんだよ。幸いあんたは、誰が自分を恨んでるのか、良く知ってるみたいだし」

このマンションに入ってから、初めて凍雪は笑みを浮かべる。

それはとても化け物らしい悪意に満ちた笑みで、正面から見ていない上総でさえ背筋が冷たくなった。

「は？　冗談じゃない、今だって訳わかんねえ慰謝料とか請求されて困ってんのによお」

けれど自分の怒りで周囲が見えなくなっているのか、宮入は叫び続ける。

そして投げつける物もなくなり、幾ら怒鳴っても二人が思い通りに動かないと知った宮入は、今度はがらりと態度を変え媚《こ》びるように囁《ささや》きかける。

「なあ、頼むよ。あんたになら、料金は言い値で払う。それと口直しに、焼き肉でもなんでも連れて行くよ。上総君にも金でも女でも好きなだけやるからさ」

『喰う』という意味を正確に理解していない宮入の言葉に、凍雪が苦笑を浮かべた。

「焼き肉なんか、マズイ以前の問題だから喰いたくねぇよ。それと生き霊はマズイが、嫌いな訳じゃねぇ。けど喰ったら、生き霊の本体は死ぬぞ」

「ならもっといいじゃないか。食べるっていうのは、トウセツ君流のお祓いか？　死ねば証拠は残らないんだろ？　警察が調べたって、生き霊食べましたなんて証言採用されねえし、丁度いい」

余りに身勝手な宮入の言い分に、上総は絶句する。

相手とその家族を苦しめておきながら、自分は恨まれるような事はしていないと開き直る歪《ゆが》んだ思考。

更には相手が死んでも構わないとまで考えるその歪んだ精神に、吐き気さえ覚えた。

「だってさ、上総。お前もっと利口にならねぇと、酷い目に遭うぜ」

肩を竦め、凍雪が上総へ顔を向ける。

その表情から、やはり食べる気はないのだと分かる。

そして上総も四箇田の言っていた意味を漸《ようや》く理解したので、静かに宮入へ向かい頭を下げた。

「申し訳ありません、宮入さん。今回の件は私共の手に負えないと判断しました。後日改めて、担当の者を伺わせます」

「おい、待て！」

「凍雪、行こう」

追い縋《すが》ろうとする宮入の額へ、凍雪が息を吹きかける。すると腰が抜けたようになって、宮入はその場に座り込んでしまう。

「追いかけられるとウザイだろ。少しすりゃ戻るから、気にしなくていい」

気遣うように宮入を見ていた上総だったが、凍雪に促され外へと出た。

見ることも感じることもまともにできない上総だが、やはりあの部屋は空気が淀《よど》んでいたらしく、外に出ると冷たい空気が肺を浄化していくように感じた。

けれど沈んだ心まで冷えた外気は癒してくれず、マンションの敷地から出ると上総は凍雪に謝罪した。

「ごめん」

「また新しい飯つれてくれれば、それでチャラにしてやるよ。全然喰えなかった訳じゃねぇしな。恨みが強いんで、死霊も少し居たから、おやつ代わりに喰ったし」

返された言葉に、ゆっくりと首を振る。

「ごめん。凍雪に嫌な物見せた」

人間に被害を与えるのは、化け物や悪霊と決めてかかっていた。

しかし人間同士が欲望そのままに行動し、結果相手の殺害を願うほどに恨みを募らせる事もあるのだと上総は目の当たりにして、ショックを受けた。

そしてそんな人間を諭したのが自分ではなく、化け物である凍雪だという事も落ち込む気持ちに拍車をかける。

「別に嫌じゃねぇよ。てか上総の方が、参ってんじゃねーか」

けたけたと笑う凍雪が、上総の頭を小突く。

「人間なんて、あんなもんだろ。廊下に恨みの臭いが充満してたから、期待してなかったし」

「そんな人間ばかりじゃないんだ」

違うのだと、あんな人間が普通なわけがないと反論しかけたが、鋭い金の眼孔に言葉を失う。

「私利私欲で動いて、都合が悪くなりゃ保身に走る。人間なんて皆一緒だ」

「じゃあ、どうして人間の僕の所に来たんだよ。寄ってくるのを喰いたいだけなら、姿なんか見せなくていいんじゃないのか？」

そこまで人間を蔑んでおいて、何故自分の前に姿を現したのか。

上総にしてみれば素朴な疑問だったが、問われた凍雪はふいと横を向く。

「……霊だ化け物だって、お前達は恐れるけど俺達から見たら何より恐ろしいのは人間だ。それを理解できる頭を持った連中は、できるだけ身を隠す。俺もそう教えられてきた」

どこか寂しげな声が、夜風に乗って上総の耳へ運ばれる。

「でも俺は、人間は嫌いじゃない」

吐き出すように言った凍雪に、上総は何か言葉をかけようとした。

しかしそれより早く凍雪が茶化す。

「お前だってお化けが怖いって言ってるけど、俺の事を追い出さないだろう。それとも俺との交尾が悦《よ》くて、追い出さないだけか？」

「なに馬鹿な事言うんだよ！」

耳まで真っ赤になって否定する上総の肩に、凍雪が腕を回す。

「体は素直なのにな」

「追い出したら、悪霊に取り憑かれるから住まわせてやってるだけだ。それに同居した方がいいって言い出したのは凍雪だろ」

「そうだったっけか？」

うそぶく凍雪が、肩から手を下ろして上総の腰を抱く。

「上総の連れてくる餌もイイけど、交尾も堪《たま》らないんだよな……今日の件は、後でたっぷり体でお礼してくれよな」

艶《つや》のある雄の声で囁かれ、じんと下腹が疼《うず》く。

――期待なんてしてない。宮入先輩の所へ無理に連れて行ったんだから、その代償だ。

そう自分に言い聞かせるが、一度火照《ほて》り始めた体はなかなか治まらない。アパートまでの短くはない道のりを、上総は凍雪に凭れてゆっくりと歩く。

アパートに戻ると、上総は凍雪に抱えられベッドへと運ばれた。

「凍雪、待って」

「止めろって言うのか?」

「少し、話がしたいんだ。終わったら、好きにしていいから」

ベッドの上に正座をすると、凍雪も普段と違う真面目な雰囲気を感じ取ったのか同じように向き合う。

「今日は本当にごめん。もう二度と、あんな頼み事はしないって約束する」

「なんだよ急にしおらしくなって。どうせ俺に、化け物退治させて自分の手柄にしようと思ってたんだろ。当てが外れて、悪かったな」

「凍雪……お前が言うように、僕は狡《ずる》い事を考えてた」

否定はしなかった。

あわよくば凍雪に化け物を喰わせて、良い顔をしたかったという考えが全くなかったとは言い切れない。

凍雪の手を借りて他人に感謝されたいと思ったのは事実だ。なのに、被害者と思っていた宮入にだけ過失があったという現実。

必死に電話をかけて頼ってきた彼を、冷たくあしらう四箇田に疑問を抱いていた自分に恥じ入る。

所長も四箇田も、電話の内容だけで宮入の異常性に薄々気付いていたのだろう。

「僕が浅はかだった。凍雪だって、嫌な予感がしたから行くのを渋ったんだろう？　いい人気取りしようとした、僕のせいで気分悪くさせて……だから気が済むようにしてくれて構わない」

毎晩凍雪から求められていても、彼が性欲重視で交尾をしているのかは正直謎だ。匂いを付けることで、所有物にしているのは事実だが、だからといって化け物がどれだけ快楽欲求があるのかなんて分からない。

「交尾で満足できないなら。僕を……食べるか？　その、全部は困るけれど。少し齧《かじ》ったり、血を吸われるくらいなら我慢する」

「ちょっと待て！　話が飛躍しすぎだ」

慌てた様子で、凍雪が上総を抱きしめる。項垂《うなだ》れていた顔に手が添えられ上向かされると、口の端に触れるだけのキスが落とされた。

「そんな顔するなって。俺も言い過ぎたよ。あのな、上総が俺を頼ってくれるのはすごく嬉《うれ》しい。あと、俺は人間そのものは食べないぞ。勘違いするな」

「そうなのか？」

「ただ今回のヤツは、生理的に無理だったから……少しキツイ言い方した。すまん。それと俺が宮入の所へ行きたくなかったのは、最近上総がそいつの話ばっかりだったからだよ」

「え、それだけ？」

もっと深刻な話をされるかと身構えていた上総は、予想外の言葉に小首を傾げる。しかしどうしてか、凍雪はむっとした様子でヒートアップした。

「それだけって……お前自覚なかったのか？　帰ってくれば、あの男の愚痴ばっかりで全然俺を撫《な》でようとしない。おまけにお前を攫《さら》おうとした化け物から守ってやったのに、なんで毎回家に連れ帰って手当てするんだよ」

「流石《さすが》にあの状態で、放っておくのはよくないだろ」

凍雪に喧嘩《けんか》を売った化け物達がホラー映画に出てくるような姿ならとても触れないが、ウサギや狸、ハムスターが本体の物もいたのでとても放っておけなかったと説明する。

「怪我の手当てしたら、ちゃんとお礼言って帰ったし。二度と近づかないって、約束も守ってくれてるだろ」

「俺に負けたから引き下がったんだろうけど。半分は上総の優しさに絆《ほだ》されてたからな」

凍雪に負けた化け物達は、人間に化けられるまで回復する前に縄張りへと帰してやった。力の戻ってない彼等は、人語こそ話せなかったけれど動物らしい仕草で上総に感謝の意を示してくれたのだ。

「悪い事をしなければ、いてくれても構わなかったんだけど。あ、ペット増えるとまずいか」

「そりゃ無理だ。上総は俺と番《つが》ったって説明したからな。お前を狙ってきたのは、腹が減ってたからだ。落ち着けば、俺の匂いが染みついてるって分かるからまともな連中は近づいてこない」

だったらもっと栄養のあるフードを食べさせてやれば良かったと思うが、口にすれば凍雪の機嫌が悪くなりそうだったので心の中に留《とど》める。

「でも、今回の事はごめん。攫おうとしてくる化け物から守ってくれるのは、感謝してるよ。ありがとう凍雪」

初めて上総は、自分から凍雪に口づける。

――化け物と、キスしてる……。

友人達とホラービデオを見ると、その夜は電気を消して寝られない自分が、自ら化け猫にキスをしている。

驚きつつも、上総は凍雪との触れ合いに恐怖を感じなくなっている事に気が付く。

改めて凍雪を見れば、彼の瞳は朝日のような金色で癖のある赤い髪も輝いている。顔立ちははっきりとしており、こんな美形が自分を抱いていたのかと今更ながらに信じられなくなった。

「あ、そうか」

「どうした、上総」

「なんで凍雪がいつも後ろから抱くのか、分かったんだ。僕じゃ興奮しないよね」

かつかつの生活をしているから、髪も染めておらず服にもさして気を遣わない。顔は童顔というだけで、特にこれといった特徴もない。

「……鈍感だと分かってたけど。想像していた以上に、上総は鈍いな」

「鈍いかな」

「交尾は普通、後ろからだろ」

言われてみれば、化け猫である凍雪の基本知識は動物だ。

長く生きているせいか、交尾の相手は雄雌問わないようだけど、やはり生物の営みには本来の性分が出る。

「慣れるまでは、雄同士だと穴の位置関係で向き合ってすると辛《つら》いんだって。姉さんから教えて貰《もら》ってたから。そのうち人間らしく交尾するつもりだったんだぞ」

雷華《らいか》に体位まで教えられていたとは思いもよらず、上総は青ざめる。

「子供にそんな話をしたのか？」

「姿はあれだけど、上総よりずっと長く生きてるぞ」

化け猫で、上総の姉なのだから年上というのは本当なのだろう。でも心情的に、幼い少女が交尾だのなんだのと話しているのは倫理的に想像したくない。

「別に姉さん気にしてないから」

「僕が気にする。次に会ったとき、どう接したらいいいんだよ」

「この間みたいに、堂々と番だって名乗ればいいだろ」

押し問答に飽きたのか、凍雪が上総を押し倒す。いつもはシーツが視界に入っていたが、今夜は違う。

電気も消していない部屋の中で抱き合うのだと意識してしまい、上総は視線を逸《そ》らす。

「凍雪。灯りを消してくれないか？」

「いいぜ」

凍雪は興が乗ると上総の痴態を事細かに説明するので、あっさりと承諾されたのは意外だった。

上総の上から動かず、凍雪が何事かを唱えると室内の灯りが一斉に消える。遮光カーテンも閉めてあるので、部屋の中は真っ暗だ。

なのに凍雪は、まるで見えているかのようにシャツのボタンを外し始める。探るような事もなく前をはだけられ、凍雪の手が脇腹をなぞりジーンズに手を掛けたところで、上総は違和感を口にする。

「凍雪？　えっと、見えてるのか」

「俺は夜目が利くんだ」

「え……？」

ジーンズと下着もはぎ取られ、素肌を曝《さら》した上総の上で凍雪が伸びをする。すると触れていた布の感触が消え、彼も裸になったと分かる。

――脱いでないのに、なんで？

これまでは背後から抱かれていたので、気にした事がなかった。不思議そうに首を傾げる上総の上で、金の瞳が僅かに細められ、笑っていると分かる。

「俺が化け猫だって事、忘れてるな。服も髪も、毛皮を変化させてるだけだからな。消すのも変えるのもすぐにできる。便利だろ」

そういえば大学に行ったときも、目立つからやめろと言った上総に凍雪は一瞬にして服も髪の色さえ変えたのを思い出す。

「背中からヤるより、こっちの方がいいな。上総の顔がよく見える」

「ま、待て。やっぱり……っく」

自分は全く見えていないのに、凍雪の口ぶりからすると暗闇など全く関係無いようだ。背後からなら見られなかった勃起した自身や、達した時の顔を曝すことになるのだと気付いて上総は必死に俯《うつぶ》せになろうとした。

しかし力で敵《かな》うはずもなく、簡単に押さえ込まれてしまう。

更に凍雪と初めて交尾をしてから、毎晩求められているせいで体の方はすっかり快感に弱くなっていた。

「んっ……ぁ」

首筋を嘗《な》められ、甘さを含んだ声を上げてしまう。気をよくしたのか、凍雪の指が上総の中心に絡んできた。

「声も可愛《かわい》いけど、感じてる顔もイイな。今夜はゆっくり楽しもうぜ」

「や、め……凍雪っ」

自身を扱《しご》かれながら乳首を噛《か》まれ、上総は喉を逸らす。元々凍雪の匂いを染み込ませることを目的としていた交尾だから、愛撫《あいぶ》は殆《ほとん》どされなかった。凍雪の言う『術』で後孔を解《ほぐ》され、内部ばかりを重点的に責められてきた上総にとって、上半身に受ける殆どの刺激が初めてだ。

――いつもと、全然……違う。

「今日は積極的だな」

唇からは甘ったるい喘《あえ》ぎが零《こぼ》れて止められない。まだ挿入もされていないのに、中が痙攣《けいれん》してしまう。

――これで、挿《い》れられたら。

想像しただけで、腹の奥がじんと疼く。

挿入だけで感じられるほどにされているのに、全身をくまなく愛撫され蕩《とろ》けた状態で凍雪を受け入れるのだ。

どれだけの快感が待っているのか、想像もつかない。

鈴口からあふれ出した薄い蜜を指に絡め、凍雪が秘所へと突き立てる。体は一瞬強《こわ》ばるけれど、すぐに弛緩《しかん》して彼の指を銜《くわ》え込んだ。

「すごいな。イッてないのにもううねって、奥に引き込もうとしてる」

「い、うなっ」

「上総のよさそうな顔見てたら、我慢できなくなった」

指が引き抜かれ、両足の膝裏を掴《つか》まれる。

強い力で広げられ、上総は暗闇の中でも反り返った自身だけでなく震える後孔にも凍雪の視線を感じて息を呑む。

「人間らしい初めての交尾だからな。ゆっくり挿れるぞ」

雄の欲望が、入り口に押し当てられた。

「ぁ……っく」

ぐいと腰を進められ、張り出したカリが前立腺に引っかかる。裏筋で擦《こす》られた事はあっても、カリでの刺激は初めてだ。

——なんだよ。これ……。

腰骨から背筋を、電流のように甘い快感が駆け上がる。

両手で強くシーツを握りしめてその刺激に耐えたが、表情から何か察した凍雪が執拗《しつよう》に入り口近くをカリで擦る。

「あ、あ……やだっ」

入り口が勝手に凍雪の雄を締め付け、腰が揺れてしまう。

奥まで挿れて欲しいと恥ずかしい懇願をしたくなる衝動を必死に抑えるが、高まっていく自身は堪えようがない。

「……ひ、っ」

びくんと腰が跳ねて、上総は前立腺を擦られただけで達してしまった。吐精する間、後孔は物足りなげに雄を喰い締めるが、敏感になった部分に自らカリを押し付ける形になり上り詰めた状態が長引く。

「凍雪……とうせつ……」

「こういう時、人間同士なら甘えるんだろ。しがみついたり、キスしたりするって知ってるぜ」

嬉しそうな凍雪が、膝裏から手を離して上総を抱きしめる。

押さえていた手が外れると、勝手に両足が凍雪の腰に絡みつく。

――なんで、こんな……まるで、本当の番みたいじゃないか……っ。

「そんなに俺の子種が欲しいのか。やっぱり向かい合ってすると、人間は素直になるんだな」

「ちがうっ……いやっ」

「そう言うけどどさ。腰を押し付けてきてるのは上総だぞ」

「あっぅ」

反論しようとしたが、焦《じ》れったいような挿入が始まり上総は身を震わせる。心とは反対に、体は早く凍雪の雄で満たされたいと望んでいて自然と両腕が彼の背に廻された。

赤い髪を指に絡め、早くとねだるように爪を立てる。

「いやらしいなあ。こんなに可愛い上総を見られるなら、もっと早く正面から抱いていれば良かったたな」

「やだ、凍雪。っ、挿れないでっ」

狭い肉筒を押し広げて、雄が突き進んでくる。

慣れている筈なのに、体位が違うせいか感じる場所も微妙に変わっていて上総は初めての快感に翻弄された。

ゆっくりと時間をかけて行われた挿入の間に、上総は数回中途半端な絶頂を迎えていた。射精にはとても足りない刺激のせいで体の芯は蕩けきり、紅潮した頬を涙が幾筋も伝う。

——イきたいのに、イけない……苦しい……。

「満足するまで抱いてやるから、そんなに泣くなって」

見当違いの言葉に、上総は最後の理性を振り絞って首を横に振る。

「……当たる、とこ……ちがって、くるしい……も、やめ……」

「中がねだってるけど、止めていいのか？　上総が辛いなら、我慢するぜ」

抜こうとして腰を引く凍雪に、上総は情けない悲鳴を上げてしがみついた。

「頼むから、抜かないでっ」

ここまでされて止められたら、本当におかしくなってしまう。

「いいんだな？　もう嫌がっても、止めないぞ上総」

こくこくと頷《うなず》く上総に、凍雪が囁きかける。

「今夜の交尾は、上総からおねだりした交尾だ。忘れるなよ」

「忘れない、だから……早く……」

「駄目だ、もう一つ約束しろ。上総の口から、他の化け物とも人間とも交尾しないと誓え。この口で、俺の精液を請うんだ。そうすれば繋がりが深くなって、小賢《こざか》しい連中は近寄れなくなる」

余程他の化け物達の面倒をみていたのが気に入らなかったらしく、その声には怒気が含まれていた。

あからさまな嫉妬だが、快楽に蕩けた上総の思考は働かない。

「交尾は、凍雪だけ……凍雪としか、したくない。だから……っ……精液、ほしい」

「これでもう、上総は俺としか交尾できない。心も体も、俺なしじゃいられなくなったな」

――もしかして、いまの……契約？　事務所にあった資料の……確か、言霊…っ。

僅かに残る理性で、上総はとんでもない事を約束してしまったと気が付いた。力のある化け物は、言葉で相手を縛り付けるのだと書いてあったはずだ。

誤魔化す方法はないかと考えるが、奥を小突かれた途端に思考は快楽に染まった。

「あっ……ぁ」

全身が歓喜し、上総は淫らな悦びに支配され涙を流す。

「自分からねだった交尾は、たまらないだろ？　上総は特別な体質だから、契約して繋がりが深くなれば快感が増すだろうって予想はしてたんだ」

「や、やだっ……凍雪……っ」

背後から犯されたときもだらだらと蜜を零したが、今回はその比ではない。勢いよく蜜が放たれ、互いの腹を汚す。

数回突き上げられると、もう上総の中心は屹立《きつりつ》はしても蜜が鈴口に浮かぶだけで精液は出なくなってしまった。

根元まで銜え込み、射精しないでイくことが繰り返される。いつもなら気絶してもおかしくないのに、言霊のせいなのか意識は保たれている。

上り詰める感覚は持続するどころか、更に感度が増していく。

これで射精されたら、本当にどうなるのか分からない。

「おかしく、なる……凍雪、抜いて」

「上総からねだったんだぜ、それに俺はまだ上総の中に出してない。子種請いをされたことだし、ちゃんと役目は果たさないとな」

まるで上総が一方的に望んだような物言いだが、反論する余裕などとうにない。

「中に染み込ませてから掻《か》き混ぜたら、上総よすぎて狂うかもな」

「やだっ」

怯える上総に、凍雪が優しく口づけて宥《なだ》める。

「安心しろよ。俺は上総の精神を壊したりしない、約束する。声も聞かれないように、部屋を結界で閉じてあるから好きなだけ鳴いていいぜ」

「凍雪、あっ。ぁ、んっ」

いきなり激しく奥を突き上げられ、上総は何度目か分からない絶頂を迎えた。それに合わせるように、凍雪も溜めていた精を放つ。

「あっ――ぁ」

――なか、熱い。や、イッてるのに……。

放ったばかりでも硬い凍雪の雄は、うねる上総の後孔を蹂躙《じゅうりん》し続ける。円を描くように掻き混ぜ、カリを入り口近くまで引き抜き、再び勢いよく根元まで埋める。

かと思えばゆったりとした注挿を繰り返し、上総を快楽で嬲《なぶ》った。

声も出せなくなった上総が啜《すす》り泣いても、凍雪は自身を抜かず射精する。

意識を失うことも許されない上総は、拷問のような快楽責めが終わるのをただ待つことしかできなかった。

宮入の住むマンションへお祓いに行ってから数日が過ぎていた。

流石に翌日は起きることができず、上総の皆勤は絶たれることになってしまった。

どうにか動けるようになった上総は、大学で宮入と顔を合わせたら気まずいと思っていたものの事態は意外な方向に転がっていた。

上総が知らなかっただけで、宮入の主催するサークルがヤバイと、学生の間でも噂《うわさ》になり始めていたのである。

驚いたのは、その内容だ。他校生に投資話を持ちかけて金を騙し取ろうとしたり、恋人を取ったと因縁を付けて問題を起こしているらしい。

友人の中にもサークルに勧誘され、内情を知らずに入ってしまった学生もいた。上総はそれとなく、友人を学食に誘いサークルがどうなっているのかを聞いてみた。

「――あの人が会計係と揉《も》めて、一人で仕切りだしてからおかしくなったんだよ。宮入先輩に詳しい事聞きたいけど、この一週間くらい大学にも常連のクラブにも顔出してないって」

勧誘された友人達は、決して派手ではないごく普通の学生ばかりだ。どうやら教授陣から問題視されていたのは、宮入とその取り巻き達だけだと教えられた。

「正直、このまま解散になってくれると有り難いよ。勝手に抜けると、違約金払えって脅されるんだ」

「なんだよそれ。大学の生活課に相談したのか？」

サークル活動程度で、そんな脅しをされるとは思ってもいなかった上総は驚いた。

「できるなら、とっくにしてるさ。宮入の恋人だった子の事、知ってるか？　去年学祭のミスコンで優勝した英文科の二年生」

「あの人、宮入先輩と付き合ってたんだ」

確か特待生扱いで入学し、二年連続でミスを取った女生徒だ。

顔もスタイルもよく、ボランティア活動にも積極的で、まさに才色兼備の有名人で大学のパンフレットにもキャンパスの紹介文を載せている。

「その子が別れ話もちかけたらさ、金払うなら別れてやるって脅して。拒否したら知らない会社員との不倫まででっちあげられたって」

「そんな……」

「取り巻き使って嫌がらせして、彼女を休学に追い込んだって飲みの席で自慢しててさ……滅茶苦茶だよあの先輩。他にも金絡みで、色々とやらかしてるって話だよ」

「合コン開いて、上手くつきあい始めたやつがいると『紹介料』って名目で金を払わせてるって話もあるよ」

話を聞いていた別の学部の生徒が、小声で話しかけてくる。

「サークル抜けるなら、宮入さんが来てない今のうちだと思う。取り巻きも混乱してるからさ、俺もさっきどさくさに紛れて抜けるって報告してきた」

すると食事の途中にも拘《かか》わらず、友人は席を立ち学食から出て行った。恐らくサークルの本部が置かれている教室に届けを出しに行ったのだろう。

――そういえば、話しかけられた時も女の子紹介するって言われたっけ。やっぱり凍雪が言ってたのは本当だったんだ。

「警察沙汰になるのも、時間の問題じゃないかな。学長が不祥事嫌って、隠してたみたいだけどもう庇《かば》いきれないよ。君も知り合いでサークル入ってる人がいたら、抜けるように勧めてあげてよ」

話に割り込んできた学生が、そう言って席を離れる。

「あ、あの。ちょっと待って下さい。聞きたい事があるんです」

上総は無意識に、その学生を呼び止めていた。

学食で話しかけてきた学生に適当な嘘をついて、上総は宮入の電話番号を聞き出した。二度と接触するつもりはなかったが、直感で必要だと思ったのだ。

以前直接もらった名刺は、凍雪が燃やしてしまっていたので誰かから聞き出す必要があった。マンションの住所は覚えているが近寄る気にはなれないし、バイト先の住所を盗み見るのももう無理だろう。

——マンションの住所だって、偶然見ちゃっただけだしな。

午後の講義が終わると、上総はすぐにバイト先へと向かった。

エレベーターを待つのももどかしく、上総は階段を駆け上がり事務所に入る。丁度ドアの前でコピーを取っていた四箇田と目が合い、にやりと意味ありげに笑われた。

「最近気力が漲《みなぎ》ってるわね。恋人でもできたの？　穂積君可愛いから、もしかして誰かに食べられちゃった？」

やはり凍雪の事に気付いているのかと思ったけれど、知っているなら対策をしているはずだ。

「それ、セクハラですよ」

「やあね、冗談よ」

本人は女装癖と言っているが、先日四箇田が男性と連れだって歩いているのを別のバイトに目撃されているのを知っているので、冗談に聞こえない。

こうして話している間も、四箇田の机にある電話は鳴りっぱなしだ。相手は宮入と分かっているので、誰も取ろうとしない。

ここまで来ると四箇田だけでなく、事務所全体がぴりぴりとしてとても仕事ができる環境ではなくなっていた。

「所長、四箇田さん。お話しがあるんです」

上総は奥の応接室を借りて二人に大学で聞いた宮入の噂話を告げる。そして凍雪の事もぼかしつつ、彼の住むマンションまで行ったことも正直に話した。

「勝手に住所を見て、すみませんでした」

クビを覚悟して頭を下げると、流石に所長も眉を顰める。

「君にそんな行動力があったとは驚きだよ。本来なら辞めてもらうところだけれど、穂積君からの情報は有益だ。二度としないと約束してくれれば、今回の事は不問にするよ」

「ありがとうございます」

再び深く頭を下げる上総の肩を、四箇田が軽く叩く。

「顔を上げてよ。まだ聞きたい事は沢山あるから、全部喋《しゃべ》って。まあ今聞いた話だけでも、穂積君の先輩が依頼者と同一人物なのは確定ね」

「四箇田君。この件の依頼人に関する書類は全て処分してくれ。穂積君、助かったよ」

「信じてもらえるんですか？」

「当たり前じゃないか。依頼人の状況が把握できたから、これで断りやすくなる」

「どういう事ですか？」

てっきり解決の糸口を摑めるのではと期待したが、所長も四箇田も既に関わりを絶つ気でいるようだ。

「あのね、電話で話しただけでも、宮入に纏《まと》わり付いているものは尋常じゃないって穂積君以外みんな気が付いてたの」

「逆恨みとか、相談者に非がない場合は祓えなくても逃げる手助けくらいはするけれど今回は事情が違うからねえ。君の話を聞いて確信したよ」

温厚な所長が、深い溜息と共にさじを投げる。

「そこまで恨みを買うような事をする質《たち》なら、うちの手には負えないな。その宮入から脅されたり、危害を加えられた学生の連絡先は分かるかい？　そちらの方が心配だよ」

霊や化け物などの見えない物より、生きてる人間の方が厄介なのだと四箇田が苦笑した。

「じゃあ、宮入先輩はどうなるんですか？　あの人が悪いのは分かりますけど、謝る機会くらいは作ってあげられないでしょうか」

「霊的なものならこっちの管轄だけど、宮入の場合はちょっとね。宮入に脅されてる学生さん達は心配だけど……依頼でもないのにこれ以上関わると、訴えられちゃうから」

たまにこういう事はあるのだと、四箇田が続ける。本人に非がある場合は、自覚して行いを改めない限りお祓いをしても意味がないのだという。

「うちの仕事は、あくまでお祓いだからねえ」

所長も困った様子で腕を組む。

「でも宮入さんは、恨まれているんでしょう？　だったら何かしてあげた方が……」

「確かに宮入は自分が加害者側だって自覚してるようだけど、そこまで強い恨みだと恨んでいる側、つまり宮入から脅されてる子達の精神状態の方が危ういわ」

「無意識に生き霊を飛ばしている訳だから、人によっては衰弱死する可能性もある」

「そんな事って、あるんですか？」

「別に特別な力がなくても、無意識に生き霊飛ばすなんてよくあるのよ。古典でも嫉妬した女性が、生き霊飛ばす話があるでしょう。でもあれって、体力使うのよ」

だから四箇田達は被害者の状態を案じているのだが、頼まれてもいないのに出しゃばるわけにもいかない。それに今時、お祓いや生き霊などと話をしても、大抵は胡散《うさん》臭いと一蹴されて終わるだろう。

でも事件が起こってからでは遅いのは、所長達も承知している。

「――だから穂積君、学生間のネットワークで被害者に上手く連絡を取って欲しい。恐らく衰弱が激しいだろうから、こちらと連帯できる病院に入院させないと命に関わる」

「やってみます」

そう答えたものの、いま大学で聞いて回ってもさして有益な情報が得られるとは思えない。

――けど何もしなかったら、宮入先輩を恨んでいる人達の方が死ぬかも知れない。

難しいが、少しでも良い方向に解決できるのは自分と凍雪だけだ。

どうすれば被害者をこれ以上苦しめずに済むか、必死に考えながら上総は与えられた仕事を片付け急いで帰宅した。


アパートに戻った上総は、一人考え込んでいた。

宮入は自業自得としか言いようがないけれど、彼を恨んだ人達がこのままでは不憫《ふびん》すぎる。

せめて宮入に謝罪をさせ、恨む気持ちを少なくする事ができれば精神的にも安定するだろう。

全てを知った上で、どうにかできる可能性を持っているのは上総だけだ。見ない振りをしていれば、自分に危害が加えられることも、怖いモノを見る羽目にもならないと分かってはいる。

――これ以上、放っておけない。

「辛そうだな。何があったんだよ」

「いや……なんでもないよ」

前回、宮入の件で嫌な思いをさせたから、凍雪には相談をしてない。しかし勘のいい猫又は、上総の考えなどお見通しのようだ。

「あの男だろ？　宮入が手に負えなくなったってところか」

「ち、違うって」

「嘘が下手《へた》なんだよ。話してみろよ、俺達は番だぞ。それに上総が沈んでると、寄ってくる餌もショボイのばっかりで腹に溜まらないんだ」

茶化しながら、凍雪が上総の肩を摑んで抱き寄せる。思いがけず優しい抱擁に、上総は涙ぐむ。

「……お前に頼ってばっかりで、ごめん。嫌な思いさせたのに」

「それはいいって。で、上総が悩んでる理由は？」

「宮入先輩だよ。あの人はもうどうしようもないから、せめて恨んでる人達を少しでも助けたい」

上総はバイト先で四箇田達に言われたことを話した。そして、宮入に反省してもらい、被害者に生き霊を飛ばすのを止めさせたいのだと告げる。

「かなり難しいんじゃないのか？　自分を守る事もできないのに、他人を助けるか。人間らて何もしないでいるのは嫌なんだよ」
「分かってる。でも宮入先輩が謝らないと、被害者の人達は苦しんだままだ。それを知って
しい、傲慢な考え方だな」

自分でも勝手な言い分だと理解はしている。

現状で宮入に自発的な反省を促すなど、まず無理だ。現実的には、取り憑いている生き霊を追い払う代わりに、二度とこんな事はしないと約束させ、被害者に謝る事を前提に交渉するのが無難だろう。

しかし、生き霊を祓えば、その主体である被害者にも何らかの被害が出ると所長は言っていた。

「……被害者の生き霊じゃなくて、苦しんでる感情だけを喰えば多少はマシになるかもしれない」

「え……」

凍雪の提案に、上総ははっとして顔を上げる。

「単純だけど、恨みや苦しみを一時的に消せば宮入に苦しめられてる連中は体力の消耗が少なくなる。その間に、元凶の宮入を諭せばいい。けど宮入が反省するかは難しいだろ。それでもやるか？」

「手伝ってくれるのか？」

「上総一人で、何ができるんだよ？」

確かに、上総は引き寄せることができるだけで、四箇田達のようにお祓いができる訳ではない。

むしろ狙われて、取り憑かれてしまう可能性の方が高いのだ。

「けどあのマンションには、入れないぞ。俺は平気だけど、上総は確実に取り憑かれるか、入った瞬間に喰われる」

まさに命がけになると改めて意識するが、こうしている間にも被害者達は精神的に追い詰められている筈だ。

いい人を気取るつもりじゃないけど、素知らぬふりはできない。

「じゃあどうすれば、宮入先輩と話ができるか考えないと」

「この辺りで公園あるか？　宮入をおびき出せればいいんだけどさ」

「電話してみるよ。なんか予感がしたから、今日大学で聞いておいたんだ」

すると凍雪が、感心したように頷く。

「勘も鋭くなってるな。引き寄せ体質が強化されてるぞ」

そんな現実は知りたくなかったが、今は泣き言を言っていられない。

すぐにスマートフォンで宮入に連絡すると、意外にもワンコールで出る。渋られるかと思ったが、宮入は『話がしたい』と告げる上総の誘いに乗ってきた。

「――電話は繋がったんだけど、なんか変だった。風邪でも引いてるみたいで、すごい声だったよ。待ち合わせは、マンション近くの公園を指定しておいた。来られるかな」

隣で聞き耳を立てていた凍雪を見上げると、どうしてか真っ青な顔をしていた。

「どうした、凍雪」

「変わり始めて、声が出しづらくなってるんだ。恐らく、自分の邪念が呼び寄せた悪いモノに取り込まれかかってる。これ以上変化したら、俺でも喰うのは難しいぞ。手遅れになる前に、行こう」

珍しく凍雪が積極的に動き、二人は既に日の落ちた街中を走る。

丁度学生や会社員の帰宅時間に当たるが、どういう訳か全く人とすれ違わない。以前のコンビニで、周囲から人が消えた時の事が蘇《よみがえ》り、上総の背中に冷たい汗が伝う。

――なんか、嫌な感じだな。

こころなしか凍雪の表情も硬い。自然と小走りになり夜道を急ぐが、いきなり腕を掴まれる。

「凍雪？」

「喋るな」

角を曲がれば、待ち合わせに指定した公園がある。

何の事か分からず、凍雪に背後から抱かれる形で、電柱の陰に身を潜めると視線の先にある闇から重たい物を引きずるような音が聞こえてきた。

異様な物音に、上総は息を呑む。

「やばっ」

「どうした、凍雪？」

ずるり、と大きな袋でも引きずっているみたいな音が更に近づいてくる。しんと静まりかえった住宅街に響くそれは、明らかに異様だ。

相当大きな音だから不審に思った住人が一人くらい窓を開けてもよいものだが、人が出てくる気配はない。

上総は以前コンビニで、黒い固まりと遭遇した時の事を思い出した。

「どうして誰も出てこないんだ？」

「人間てのは、大物が来ると本能的に身を隠すんだよ。だから誰も来やしねぇぜ。ついでに教えとくと、やってくるのは宮入だ」

凍雪は音のする暗がりを、じっと睨《にら》んで動かない。

「えっ、でも狙われてるのは宮入先輩で、付きまとってるのは生き霊なんだろ？　どうして大物が出てくるんだ？」

自分が狙われるのは仕方がないが、もし大物であれば凍雪が大喜びで突進するに違いない。

しかし折角の食事が向こうから近づいてくるというのに、凍雪は獣のように唸《うな》り声を上げて威嚇している。

「近づいてるのは、宮入だ」

「じゃあ、そんなに危険じゃないよな？」

生き霊のターゲットは、あくまで宮入本人だ。

「いや、もうかなり育ってる。宮入に向けられる恨みと、本人から出る邪気に吸い寄せられて、タチ悪いのが集まったみたいだな」

「どういう意味だよ」

「すぐにわかるぜ。つまり、宮入の中に生き霊が大量に入って、生きたまま化け物になってるって事だ」

暫《しば》し考えてから、上総はやっと凍雪の言う意味を理解した。

「逃げよう、凍雪！」

徐々に、音が近づいてくる。

凍雪が牙を剝《む》きだし、その場から動かなくなったので、仕方なく上総も彼の背後に隠れ闇を窺う。

それまで道を照らしていた街灯が、一気に光量を落とした。周囲の輪郭がぼんやりと分かる程度になったその時、路地から宮入が顔を出す。

随分と不自然な位置に顔があると、上総は思った。

確か宮入の背は、凍雪より幾らか低い程度だった筈だ。しかし路地から現れた宮入の顔は、幼稚園児程度の高さにある。

這《は》っているにしては位置がおかしく、項垂れているふうでもない。

「おい……助けろ……」

闇の中から、宮入の体が現れた。

そして彼の背が異常に低くなったのと、引きずるような物音の理由が、薄暗い街灯に暴かれる。

「っ……」

吐き気を催す生臭い匂いと、異様な宮入の姿に上総は口を押さえた。

宮入は両手で体を支え、異様に膨らんだ下半身を引きずっていたのだ。着ていたはずの服は膨張した体に引き裂かれ、所々に布がぶら下がっている。

彼の胸から下は人間の物ではなく、ゼリーのようにぶよぶよとしたどす黒い巨大な袋と化していた。

足らしき物も残ってはいるが、上半身の五倍はあろうかという塊を支えるのは不可能なのだろう。

ホラー映画に出てきそうな化け物となった宮入を前にして、上総は恐怖の余り悲鳴も上げられず立ち尽くした。

「取り込まれかかってんな、生きたまま喰われてら」

状況を冷静に説明する凍雪の言葉に、上総は堪えきれずその場にぺたりと座り込む。

「おい、大丈夫かよ。この程度で腰抜かしてるようじゃ、これから先身が持たないぜ」

「……僕もう田舎《いなか》に帰りたい。本当にこういうの苦手なんだよ」

「ばか、どこ行ったたって今更同じだ」

非情な宣告に、上総は涙目で凍雪の袖を摑む。

「凍雪……」

「あーっ、情けない声出すんじゃねぇよ！　お前に何かできるとか、期待してねぇからそこの電信柱の陰にでも隠れてろ」

摑んでいる手を無理矢理離させると、凍雪が上総を電信柱の裏に押し込む。

「いいな、何があっても動くなよ。あれが狙ってるのはお前なんだからな。宮入の頭は、もう人間の思考をしてない。人間を襲う、化け物と同じだ」

言われなくても隠れているつもりだと、上総は何度も頷く。

「それにしても……食べる気しないけど。それしか消す方法がないからなぁ」

凍雪は道路の中央に立つと、半分化け物と化した宮入と対峙する。

一秒ごとに宮入の下半身は膨れ続け、両脇にある疣《いぼ》から腐った臭いのする液体を垂れ流している。

「……金、出すから……は、やく。助け…ろ」

一応言葉は出るが、声に抑揚はない。ただぼんやりと記憶している単語を並べているだけだと知れる。

「残念。俺は金に興味はないんだよ」

ゆっくりとしか体を動かせない宮入の脇へ回り込むと、凍雪は片手を伸ばした。

「げっ」

膨張した腹部へ触れた瞬間、凍雪はくぐもった悲鳴を上げて飛び退く。何か熱い液体がかかったかのように手を振ると指の間から泥のような物が地面に飛び散る。

「生き霊だけじゃねぇな……死霊と人肉が混ざり合って、面倒な事になってやがる」

「どうした凍雪、平気か？」

「正直ヤバイ。俺中途半端に混ざり合ってるのって、苦手なんだよ。上手く喰えねぇ」

唯一頼りになる凍雪の気弱な発言に、上総は狼狽《うろた》えた。

「逃げるか？」

「無理だ、見てみろ。動きやすいように脚が生えてきてる。ここで完全に融合するまで待つしかねぇな」

「融合って？　そうなったら喰えるのか？」

「人間やめて、完全に化け物になってくれれば……多分喰える」

「多分てなんだよっ」

腐臭が更に濃くなり、上総は服の袖で鼻と口を押さえるが、まるで肌から直接入り込んで来るような凄《すさ》まじい臭いに、失神しそうになる。

一方宮入は凍雪の言うとおり、変化した部分が胸元まで達し、幾つもの脚が腹を突き破って出てこようとしていた。それらは人や動物、鳥など様々な形態をしており、色も形もまるで悪夢のようだ。

薄くなった皮膚の中で、脚自体が生き物のようにうねり不規則な動きを繰り返している。

——これは精巧なCG！　悪い夢！

心の中でおまじないのように繰り返していないと、ショックで気絶しそうだ。だが現実は、上総に容赦なく襲いかかる。

「ぐァ……あぶギ……い」

気味の悪い雄叫《おたけ》びを上げ、近づく宮入を一瞬見てしまう。

「人語も喋れなくなったか」

胃液と血を吐き出し、宮入が顔を掻きむしっていた。痛みを感じていないのか肌がぼろぼろと崩れ、血が滲《にじ》んでも止めようとしない。

「凍雪っ、本当に人間に戻すのは無理なのか」

「ここまで変化しちまったら、駄目だ……見てろ、完全に変化するぜ」

自分の根性のなさを呪いつつ、上総は両手で顔を覆う。

今更だとは思ったが、これ以上悪夢に出てくるお化けの数を増やしたくはなかったのだ。

「ぎっ……かはァ」

何かを引き裂くような音と、大量の液体が道に流れ出る音が同時に響く。

「う、うう」

「どうなってんだ、これ?」

血まみれの頭だけを残し化け物に変化した宮入の前で、凍雪が場に合わない声を上げた。

宮入の腹からは様々な動物の形をした脚が幾つも飛び出し、四方八方に伸びている。

とてもまともに動ける形には見えず、凍雪は数歩前に出た。

「取り込みに失敗か? 生き霊入りで、混乱したんだな。馬鹿なヤツ」

いただきますと馬鹿丁寧に頭を下げると、凍雪が近くにあった蹄《ひづめ》の付いた脚に噛みつく。

「うげっ、まだ完全じゃねぇからマズイ。早いトコ全部取り込んじまえ……っ」

何の前触れもなく宮入だった化け物の下半身がうねり、勢いよく凍雪を弾《はじ》き飛ばす。

「凍雪っ」

「出るな! この程度じゃ、死なねぇよ」

壁に叩きつけられた凍雪はゆっくりと立ち上がると、体を震わせた。そして一瞬にして大型犬サイズの猫に化けると、全身の毛を逆立て化け物に突進していく。

白黒の柄は普段のままだから、これが化け猫としての本来の大きさなのだろう。

猫の凄まじい唸り声と、化け物の咆哮《ほうこう》が住宅街に響き渡る。

背中へ飛びかかり爪を立てようとした凍雪を、化け物が体をくねらせ振り払う。

すぐに凍雪が体勢を立て直し着地するが、元宮入だった生き物も押し潰そうと地面を叩く。

その度に地震のごとく周囲は揺れるのだが、やはり誰一人として窓を開ける者はおらず叫び声も聞こえない。

——なんか、動き方がおかしい。

まるで上総を庇うように凍雪が動いているので、一方的に宮入の攻撃を受けるばかりなのだ。

——もしかして、僕がいるからか?

餌をおびき寄せるものとして上総を狙っていた化け物との喧嘩の時とは明らかに動きが違う。

相手も上総の捕獲を目論んでいたので、どちらからも傷つけられる心配がなかったから凍雪も全力を出せたのだ。

そう気付いたけれど、上総にはどうしようもない。下手に逃げようとして宮入に見つかれば、彼は本能的に襲いかかってくるだろう。

「ど、どうすれば……どうしよう……そうだ、四箇田さんに電話っ」

急いでポケットを探りスマートフォンを取り出すが、いくらボタンを押しても何の反応もなかった。

目の前では俊敏な動きで凍雪が化け物を撹乱《かくらん》しているが、相手がどんどん巨大になっているせいで、なかなか決定的な一撃を与えられずにいる。

「いい加減俺の腹に収まれ！」

既に人の顔ではなく、のっぺりとした皮膚に小さく埋まっている目と思わしき器官へ、凍雪が鋭い爪を突き立てた。

「よし！」

思わず恐怖も忘れて、上総は手を叩く。

目が見えなくなれば、流石に動きは鈍くなると思ったのだ。予想通り、化け物は一瞬怯《ひる》んだように思えた。

しかしすぐ体を震わせると、体のあちこちに目と思わしき器官を発生させたのである。

「凍雪！　離れろっ」

上総が叫ぶより早く、凍雪が組みついている部分の少し下がぱっくりと割れる。そしてそこから、勢い良く濁った液体が噴き出す。

「ギャアッ」

まともに液体を浴びた凍雪は、地面に落ちると苦しげにのたうち回る。我を忘れて上総は電柱の陰から飛び出すと、凍雪を抱きかかえようと手を伸ばした。

「痛っ！」

まるで火のついた木を直接触ったような激痛が、上総の両手に広がる。凍雪の体からは燻《くすぶ》った煙が立ち上り、焦げた臭いが周囲に立ちこめる。

「おい凍雪、しっかりしろ。逃げるぞ」

痛みを堪えて、上総はもう一度凍雪に触れぼろぼろになった毛皮を揺さぶる。しかし凍雪はぴくりとも動かず、口から白い泡を吹くばかりだ。

「凍雪……っ……」

それまで凍雪に気を取られていた上総が強くなった臭気に顔を上げると、目の前に宮入だった化け物が壁のように立ちふさがっていた。

逃げようにも周囲を膨れ上がった腹に囲まれ、二人は完全に退路を失う。

「このまま死ぬのかな……」

「そうしてあげてもいいけど」

絶望的な呟きに、凛《りん》とした女の声が答えた。

凍雪ではなく、まして宮入の物でもない。声の主を捜して上総が辺りを見回すと、突風が吹き抜ける。

風に煽《あお》られた塵《ちり》から目を庇おうと瞼《まぶた》を閉じ、再び開けると、傍らに一人の少女が立っていた。

歳《とし》は高校生くらいだろうか。

明るい柄のシャツにミニスカート、足には高いヒールのショートブーツを履いている。風にたなびく長い髪は、夜目にも赤いと分かった。

「凍雪を助けようとした心意気に免じて、今回は助けてやろう」

「雷華……さん？」

かつんと、ヒールを鳴らし化け物へと一歩踏み出す。

「よくも弟を酷い目に遭わせてくれたね、わたしはこの子ほど甘くないよ。覚悟しな」

――弟……やっぱり雷華さんなんだ。

あの幼女の姿が仮初めで、今の姿が本来の雷華なのだと上総は思い至った。

雷華は一瞬にして空中に飛び上がり、くるりと一回転して電柱の上に立つ。

重力を全く無視した動きに、上総は呆気にとられる。

「汚らわしい」

綺麗な指先から異様に長い爪が伸び、化け物の頭部を薙《な》ぐ。

すると頭部は幾らかの皮を残し、ぶらりと垂れ下がった。

断末魔の咆哮を上げながら体を震わせる化け物の上を雷華は優雅に歩き、長い爪で幾つもの塊に分断していく。

「苦しい？　少しは苦しまないとねぇ、簡単に楽になったら面白くないでしょう？　あなた散々、たくさんの人間を苦しめたそうね。だったら報いを受けなきゃ」

美しい声が、残酷な言葉を紡ぎ出す。綺麗な顔には笑みがあるものの、それは冷たい美しさだった。

凍雪とは全く違う悪意を浮かべた笑みだが、それは異様なまでに美しい。上総は凍雪を腕に抱いたまま、雷華を見つめていた。

「人間は汚い」

歌うように、雷華が言葉を紡ぐ。

それに合わせるようにして、肉片が空を舞った。

「汚いし臭いから、もう消えな」

両手を千切れかかった頭部に置き何事かを囁くと、化け物の内部から幾つもの破裂音が聞こえた。

そして次の瞬間には、全ての破片が灰と化していたのである。

「……死んだのか？」

風に吹き飛ばされ塵となっていくそれを呆然と見つめながら、上総がぽつりと呟く。それまで凍雪を苦しめていた化け物は、あまりにあっさりと消えてなくなった。

「見て分からない？」

「じゃあ、彼に取り憑いていた、生き霊の人は……」

「死んだに決まってるじゃない、一々説明しないと分からないの？」

「そんな……あの人達は被害者で、何の罪もないんだぞ」

風で乱れる髪を撫で付けながら、雷華が鬱陶しそうに一際大きな灰の塊をつま先で蹴飛ばし粉々にする。

「それこそ、知った事じゃないわ。私は弟を殺されそうになったから、報復しただけよ。それともあんた、凍雪と心中したかったの？」

黒曜石に似た黒い瞳が、上総を捉える。

古来人が化け物を恐れたのは、その超常的な力のせいもあるが、もう一つ魂を奪う美しさを持っているからだと資料で読んだのを思い出す。

「人間て、やっぱり身勝手ねぇ」

くっと、雷華が喉の奥で笑う。

それすらも美しい音となって、上総の耳へ届く。

「凍雪が行きたいって言うから行かせたけど、やっぱり反対すればよかったわ。こんな身勝手なヤツの所に置いておいたら、すぐ殺されちゃうもの」

反論する言葉もなく、上総は項垂れる。

「大体あの男と取り込まれた生き霊が死んだのだって、あなたのせいじゃないの？　近づかなければこんな事にならなかっただろうし、凍雪も傷つかなかった。そして、私に殺される事にもならなかったわよね。取り込まれて死ぬのは時間の問題だったけど、死期を早めたのはあなたよ」

確かに今日の事は、身勝手な自分が原因となっていると自覚はある。

「それは……今回の事は、本気で申し訳ないと思ってます」

悔やんでも悔やみきれない現実に、上総は目頭を押さえた。本人に償わせる機会をなくし、関係ない人達まで巻き込み命を奪ったのは事実だ。

「どうせ凍雪の事も自分に寄ってくる悪霊を退治する、便利な道具くらいの認識しかないんでしょう？　人間に対してだって身勝手なんだから、化け物の相手なんて、どんな目で見てるか簡単に想像つくわ」

否定はしきれない。

けれど全て雷華の言う通りだと思えなくて、上総は口を開く。

「あなたの言う通り、凍雪の事は便利と思ってました」

やっぱりねと言うように、雷華が目を眇《すが》める。

「でも今は、道具なんかじゃない。彼は大切な友人で……恋人なんです」

はっきり言い切ると、僅かだが雷華が口角を下げた。

「まだ僕は、凍雪の事をよく分かってないけど、これから沢山話をして対等な関係になりたいなって思って……」

言葉を飲み込んだのは、雷華の指先が喉元を摑んだからだ。長いままの爪が皮膚に食い込み、ちりちりとした痛みが走る。

「対等？　高貴な化け猫と人ごときが対等！　笑わせるんじゃないよっ」

「色々誤解があると思うんだ、僕もまだあなた達が怖いし、お化けはもっと怖い。でも理解すればどうにかなると思う」

「人間同士ですら分かり合えず、憎しみ合うのに？」

睨み付けてくる瞳の奥に、憎悪の火が踊る。

人は害をなす霊や化け物を、嫌悪し排除してきた。

けれどその全てが本当に彼らの仕業だったのか、そして元凶だったのか。

恐らく数え切れない程の過ちや濡《ぬ》れ衣《ぎぬ》があるのだろうけれど、彼らを理解しない人間達はそれを知る術《すべ》がない。

自分と違う存在は、本能的に恐ろしいと感じる。でも本当に恐ろしいものかどうかは、確かめなければ分からない。

綺麗な言葉や、特別な言葉を使うつもりはなかった。ただ自分の思っている事を、上総は素直に口にする。

「僕は凍雪と、もっと話がしたいんだ」

最初は確かに恐ろしい存在だったけれど、それだけだったかと自問すれば、答えは否だ。

本当に拒絶したければ、凍雪のいるアパートへ戻らなければよかった。

四箇田や吾川《あがわ》に頼み込んで、お祓いをしてもらえば状況は変わっていたかもしれない。

しかしそうしなかったのは、あの生意気で腹の立つ事しか言わない凍雪の存在を、心のどこかでは受け入れようとしていたのだと自覚する。

「凍雪は馬鹿だけど、お前は大馬鹿だよ」

雷華の言葉が、勢いをなくす。そっと上総の首から手を離し、まだ燻る凍雪を上総の腕から奪い取る。

「あれほど、人間には近付くなって言ったのに」

焼け焦げた凍雪の頭を撫でながら、雷華が普通サイズの猫に戻った彼の鼻に唇をあてる。軽く息を吹き込むと、凍雪がか細く鳴いた。

すると雷華が沈痛な表情で、凍雪を抱きしめる。

再び上総へと視線を向けた雷華は、瞳に憎悪ではなく悲しみを湛《たた》えていた。

「そうやって優しい顔して近付いて、都合が悪くなったら捨てる。この子は元飼い猫だから、お前みたいな誘惑に弱い」

「違う。僕は凍雪を飼うとか、そんな事は考えてない。普通の、対等の友達として話がしたいだけで」

しかし雷華は上総の言葉など聞いていないふうに、凍雪の体を撫でている。

「病にかかって、毛並みが汚くなったからなんて身勝手な理由で捨てられたのよ。雪の降る日に、ゴミみたいにね。あんな酷い目にあったんだから、もう人に近付く事はないと思ってたけど……猫だった頃の飼い主に、顔がそっくりだなんて、馬鹿な理由で出て行った」

凍雪の言葉が、上総の脳裏に蘇る。

『人間は嫌いじゃない』

どんな気持ちで、凍雪はそう言ったのだろう。酷い仕打ちをされ、人間の汚い部分の犠牲となった凍雪。

けれど凍雪は捨てられてからも、幼い頃に飼い主が向けてくれた優しさを忘れず、その優しさを嘘だったと否定することもしなかった。

辛い過去が忘れられなくても信じ続けてきたから、人と関わろうとしたのではないだろうか。

捨てた人間の代わりに上総が謝罪しても、凍雪の傷は癒されない。そして凍雪の傷を癒してやろうなんて、大それた気持ちを持ってもいない。

ただ、理由はどうあれ、自分の側に来てくれたのだから、話をして互いの存在を認めあえる仲になりたいと上総は思った。

「凍雪は、僕の番《つがい》です。これからもずっと、裏切りません」

「浅知恵で知った口聞く馬鹿な人間。その喉を引き裂いてやりたいけど、凍雪が悲しむから特別に許してやる」

雷華が溜息を吐くと、風が強くなった。嫌な予感がして上総は咄嗟《とっさ》に手を伸ばしたけれど、一瞬にして雷華と凍雪の姿は掻き消える。

「人間は嫌い。大嫌い」

歌うような声が夜空に響く。

「凍雪！」

呼びかけに答える声はなく、上総は呆然と立ち尽くした。


翌朝になっても、凍雪は戻ってこなかった。

あれから消えた雷華と凍雪を探して夜明けまで歩き回ったのだが、結局彼らの姿を見つける事はできなかった。

あれだけの傷を負ったのだから、暫《しばら》くは姉の下で養生するのだろうと自分に言い聞かせていたけれど、三日を過ぎた辺りで流石に不安になってきた。

大学の行き帰りに近所の裏路地や、野良猫が集まると有名な空き家の周辺を探してみたけれど、文字通り猫の子一匹見当たらない。

時間だけが過ぎたが、凍雪の探索ばかりにも構っていられないので、上総は休んでいたバイトを再開する事にした。

「穂積君、手に怪我をしたって聞いたけど。どうしたんだいその手は」

「一人鍋やろうとしたら、ひっくり返しちゃいまして……」

両手に包帯を巻いた状態で、上総は頭を掻いた。

凍雪が消えた翌日。気が付くと両手は火傷《やけど》した時のように水ぶくれができて、ぱんぱんに腫れ上がっていたのである。

講義のノートは友人にコピーしてもらえることになりどうにかなったが、流石にこれでは事務仕事はできないと判断して、急遽《きゅうきょ》休みをもらっていたのだ。

おそらくあの化け物が吐き出した液体のせいだろうと察せられたが、間接的に触れた自分がこうなのだから、大量に浴びせられた凍雪はいまどうなっているのか不安だ。

「火傷？　仕事、できるの？」

四箇田が、本気で心配そうに手元を覗《のぞ》き込んでくる。

「指は動くようになりましたから。どうにかなるかな、と思っているんですけど……っ」

ボールペンを握ってみせるが、鋭い痛みと包帯が邪魔をして上手くいかない。

「無理はしちゃいかん。今日は病院へ行って、帰りなさい。所長命令だよ」

「でも……」

「長引かせた方が、支障が出るだろう。それに手を怪我してたら、勉学にも支障が出る。学生の本分は勉強だぞ」

「それと、もう『一人鍋はしないこと』って、言った方がいいんじゃないですかぁ」

明るい声が、横から茶々を入れる。

漸く今日から、休んでいた吾川が復帰したのだ。

彼女も頭と腕に包帯を巻いた痛々しい姿だが、上総よりもずっと元気そうではある。

「あたしまだ体調が万全じゃないから現場に出ないの。代わりに、今日はデスクワークする事になっててさ。だから気にしないで病院行きなよ」

「すみません、それじゃお言葉に甘えて早退します」

来ただけで何もせず帰る申し訳なさに肩を落としながら、上総は事務所を後にした。

のろのろと歩く上総の足は、無意識に凍雪と出会った公園へと向く。

「凍雪ーっ」

平日の昼間、オフィス街にある公園は相変わらず閑散としている。

日だまりで微睡《まどろ》む白黒柄の猫の姿を探すが、野良猫すらいない。

やはり姉の雷華に連れて行かれたまま、二度と戻ってはこないのだろうかと、一抹の不安が胸を過《よ》ぎる。

彼らが人間を嫌う理由も分かるから仕方ないと思いはするけれど、でも諦める気にはなれなかった。

何事も起こらないまま、一カ月が過ぎた。

化け猫と暮らした日々が嘘のように平穏で、悪霊と呼ばれる類の物は宮入の件以来全く見ていない。

引き寄せ体質と断言されたのに、何も寄ってきていないのかそれとも単に見えないのか。

上総の周囲に変化はなく、四箇田達も相変わらず上総を『霊媒の素質はあるのに、全く見えないバイト君』という風に扱っている。

どうにか手も動くようになってくると、今まで通り上総には大量の仕事が渡され、日々は時間との戦いで過ぎてゆく。

宮入の件は結局本人が行方不明になってしまい、所長が正式な断りを入れる前に依頼人からのキャンセルという形で治まった。

お祓いという非科学的な事を信用できない依頼人の場合よくある事らしい。

特に宮入のような性格だと、早期解決ばかりを訴えるので時間がかかると説明した途端に音信不通になるのだと言われた。

一方、大学側でも問題視されていた宮入のサークルは自然解散になり、取り巻き達もいつの間にか休学や留学をして校内から消えていた。

大学も家族の意向で中退処分になったと友人伝いに噂が流れてきたのが最後だ。誰ももう、宮入の話をしない。

関われば面倒だから嫌がっているのだと察したが、短期間とはいえ連《つる》んでいた学生達でさえ謂《い》わば宮入を見捨てた事に少なからず上総は驚いていた。

疑惑の目が上総に向けられる事もなく、皆の記憶から忘れられようとしている。

上総は時間を割いて凍雪を探しに街を歩き回っているが、やはり手がかりは見つからない。

何一つ納得いかない状態で、時間だけが過ぎていく。

残業を終えて帰宅する途中、ふと空を見上げる。凍雪の目に似た満月が輝いていて、懐かしさに思わず涙ぐんだ。

一緒に生活した期間は短かったが、凍雪と過ごした記憶は未《いま》だに薄れていない。

「涙もろくなったなあ」

目の端をパーカーの袖で擦り、項垂れる。

あれだけ怖かったのに、いなくなると心に穴が空いたようで酷く寂しい。

「なーに泣いてるんだ上総」

聞き覚えのある声に顔を上げると、人の姿になった凍雪が平然とした顔で近付いてきた。

驚きのあまり言葉も出ない上総を、相変わらずの小馬鹿にした目でちらと見る。

「肩に乗ってるヤツ、そんなに重いのか？」

ひょいと上総の肩から黒い綿埃《わたぼこり》のような物をつまみ上げると、凍雪は自分の口へ放り込んだ。

「凍雪……僕の肩に何か乗ってたのか？」

「人を暗い気持ちにさせて、自殺に追い込む子鬼。もう泣く気分じゃねぇだろ」

「そういえばそうかも」

指摘されて、上総はこころなしか体も軽くなったと気付く。

「でも、凍雪が戻ってきたからだと思うけど」

「どーでもいいけどさ」

言うと、訳が分からないというような顔で見返される。

「そうそう、上総が気にしてんじゃないかと思って、吉報聞かせてやるよ。この間の宮入に絡んで、一緒に取り込まれてた人間な、全員生きてるぞ」

「本当か！」

「混ざり合ってたのは悪霊と、本体の男が殆どだったって姉さんが言ってた。それで生き霊はかなり弾かれてたらしい。しばらくは寝たきりだろうけど、まぁ生きてるだけマシだろ」

「良かった」

宮入を助けられなかった事は、やはり悔やまれる。けれど一番気にかかっていた被害者達

が生きているという言葉に、上総の心から幾らか重荷が消える。

「姉さん本性出すと乱暴だから、驚いただろ。あれでも随分抑えたみたいだけどさ」

「乱暴っていうか、綺麗で驚いた」

恐ろしかったのも事実だが、それ以上に雷華は美しかったと思い出す。

「だろ、何たって俺の知る限り一番の美猫だからな」

どうやら凍雪にとって自慢の姉なのか、上総の褒め言葉に目を細める。

「そうだ凍雪、雷華さんに怒られなかったか？」

「へ？　何で？」

「だって、人間と関わらせたくないって雷華さん言ってたし。どこ探しても居ないから、二度と戻ってこないんじゃないかって思ってたんだよ」

「流石に俺だってあんな目に遭えば、ぶっ倒れるぞ！　動けるようになるまで、姉さんの巣で寝てただけだ。第一こんな便利な飯係、みすみす逃すわけないだろ」

「だから、僕は飯係じゃない。でも良かった。雷華さん、怒ってないんだね」

凍雪は暫く黙り、何かを思い出すように瞼を閉じた。

彼らの間でどんな会話が交わされたのか、上総には知るよしもなかったが、珍しく真剣な表情を見れば穏便な話し合いで済んだとはとても思えない。

「……少しは揉めた。けどこれからどうするかは、俺が決める事だとも言われた」

やはり凍雪は、雷華とのやりとりを上総に言おうとはしなかった。

でも何処か吹っ切った物言いに、彼が彼なりに行動してゆく意志の強さを見た気がして、上総もひとまず凍雪が戻ってきてくれた事を素直に喜ぶ事にする。

「それじゃあ、今日からまた同居できるんだな。良かった、一人鍋禁止令が出て、困ってたんだ」

「何だそれ？　俺は人間の食べ物なんて、喰わないぞ」

「マグロの解体ショー、うっとりしながら見てたの誰だっけ」

うっと言葉を詰まらせた凍雪の横で、楽しげに上総は頷く。

「今日は鱈《たら》鍋しよう。うん、決定」

「随分変わったな」

あれだけ化け物に怯えていた上総の変貌ぶりに、凍雪はきょとんとしている。

それはそうだろう。

当の本人でさえ驚いているのだから、凍雪が理解できないのは当然だ。

「今でもお化けは嫌いだし、怖いよ。でも凍雪は怖くないからさ。ムカツクけど」

別に化け物と人間との橋渡しをしたいとか、そんな善意の者を気取りたい訳じゃない。

嫌いと思う気持ちも、怖いと思うのも変わっていない。

けど人間だって恐ろしい存在なのだと今更だけど気付いてしまったら、友好的な彼まで一緒くたにして毛嫌いする理由はないと思った。

とりあえず、ホラー映画に出てくる化け物のような外見はしていないし、普通に話もできる。少し変わった友人、そして恋人と考えればそんなに悪くはないだろう。

「友好を深めるには、同じ釜の飯を食べるのがいいんだよ。だから今日は手っ取り早く鍋！」

「人間て、よく分からないな」

首を捻《ひね》りながらも、凍雪はスーパーへ向かう上総の後を大人しく付いてくる。

つかず離れず歩く二つの陰を、月がぼんやりと照らしていた。


「上総、俺考え違いしてた」

夕食後、やけに深刻な顔で凍雪が切り出す。

「どうしたんだよ」

アパートに戻った上総は、初めて凍雪と夕食を共にした。

これまで凍雪は、人間の食事が気になっていたようだけれど化け猫のプライドが邪魔をして頑《かたく》なに霊しか口にしなかったのだ。

「嫁さんの手料理って、悪霊より美味《うま》いんだな」

「美味しかったならいいけど……特別なものじゃないぞ。味付けは『なべのもと』で肉と野菜を入れて煮ただけだし。聞いてないな」

訂正をするが、凍雪は満面の笑顔で喉を鳴らしている。

見た目は相変わらず派手な赤い髪に、革のジャケット姿なので、とても一カ月前に瀕死《ひんし》の大火傷を負ったようには思えない。

「やっぱり、化け猫だから傷の治りが早いのか？」

「まあな。上総はどうなんだ」

「まだ少し火ぶくれはあるけど、薬を塗っておけば大丈夫だって。それより医者から『何をしたら、こんな事になるんだ』って不思議がられたよ」

瀕死の凍雪を抱き上げた際、上総も両手に火傷をしたが動かせなかったのは一週間ほどで、今では跡も殆ど残っていない。

医者には鍋の熱湯を誤ってかけたと説明したが、それにしては火傷の症例が特殊で治りも早かったから、学会で発表したいと散々頼み込まれて断るのに苦労した。

「人間の医者なんかより、俺の仲間にいい薬を作るヤツがいるから取ってきてやるよ」

「有り難いけど、気持ちだけもらっておくよ」

凍雪の申し出は嬉しいが、やはり彼と雷華以外の化け物の世話になるのは抵抗がある。それに凍雪の口ぶりからすると、無理矢理強奪してくる可能性が高い。

「それより、僕と一緒で本当に大丈夫なのか？　雷華さん、怒って連れ戻しにくるんじゃないのか」

戻ってきた凍雪は、雷華と揉めたものの自分で決断したと言ってくれた。けれど化け猫とはいえ、自分が原因で凍雪に家族と決裂させるような事はさせたくない。

「そりゃあ引き留められたし、人間を信じるなって説教もされたけど……俺は上総の側にいたい。まあ、姉さんも俺達のこと気になって暫くは近くで暮らすみたいだから」

――それって、監視されてるって事か？

いくら可愛がっている弟の番とはいえ、もしも雷華を怒らせたら本気で殺されかねない。

上総の不安を表情から読み取ったのか、凍雪が安心させるように微笑《ほほえ》む。

「大丈夫だって。姉さんなんだかんだ言っても、上総の事気に入ってるから」

「いや、だって人間を信じるなって言われたんだろ？」

「俺を守ろうとしてくれたの、姉さんちゃんと見てたんだよ。だから、上総は例外だってさ」

手放しで喜べないのは、雷華の恐ろしさを目の当たりにしたせいだろう。

しかし凍雪は全く気にしていない様子だ。食器を片付けている上総の背後に近づき、抱きつくと喉を鳴らしながら首筋に軽く歯を立てる。

「上総、片付けは後で俺がやるから。ベッドに行こう」

「お前家事なんてしたことないだろ」

「戻って上総をちゃんと番として迎えるなら、夫として家事くらいできるようになれって言われてさ。頑張って覚えたんだぜ。姉さんから合格点貰ってるし、任せてくれていいぞ」

得意げに言う凍雪に、上総は困惑する。

「……本気で僕と、番になりたいのか？　餌係じゃなくて？」

凍雪がいない間、上総なりに彼との関係を考えていた。人間と化け物とでは、住む世界が違う。

まして凍雪は、プライドが高く数の少なくなった化け猫だ。

上総が『怖いから』という理由で嫌うより、凍雪が愛想を尽かして離れていく確率の方が高い。

けれどもし、凍雪が側にいたいと望んでくれるなら、彼が飽きるまで一緒にいようと心の中では決めていたのだ。

「僕はただの人間で、今でもお化けが怖い。もし凍雪が食べられないような化け物に取り憑かれたら、足手まといになる」

「俺が負けるとでも思ってるのかよ。宮入の時は、甘く見て少し失敗しただけだ……」

言い募る凍雪に背を向けたまま、上総は首を横に振る。

「凍雪が弱いとは思ってないよ。怪我をしたのは、僕を庇ったせいだって分かってる。僕が言いたいのは」

少しだけ躊躇《ためら》ったが、告げなければいけないと思い上総は勇気を振り絞る。

「……前の買い主に似てるから、僕に近づいたんだろう。雷華さんから聞いてる」

嫉妬心がないとは、言い切れない。こんな醜い感情を持っていると知ったら、凍雪はきっと軽蔑する。

呆《あき》れられると覚悟していたのに、背後から抱きしめてくる腕は解《ほど》かれない。

「顔は似てるけど、性格は全然違う。それに、交尾したいと思ったのは上総だからだ」

「凍雪」

「初めて会ったときから、ずっと上総に惚《ほ》れてた。言い出せなかったのは、その……猫又としてのプライドが邪魔をしてたせいだ」

そうでなければ命を賭けてでも守ったりはしないと、凍雪が続ける。

「あと餌係ってだけなら、何度も抱いてない！　俺の物だって印を付けたいだけなら、交尾しなくたっていくらでも方法はある」

告白に、上総は赤面してしまう。これが同じ化け猫同士なら、行為の意味はすぐに気付いていた。

しかし鈴木の事務所にいても、お化けが怖くて霊も見えず、これまでごく普通の生活をしてきた上総が分かる筈もない。

「大体上総は、俺の番だから離れられないぞ」

「それも実は嘘、とか言わないだろうな？　人間と同じで、番も離婚できるとか」

「あのなあ、俺達が番を選ぶのってかなり真剣なんだぞ」

溜息をつく凍雪の腕の中で、上総は体を反転させ彼を見上げた。金の瞳は真っ直《ます》ぐに見返してきて、嘘を吐いているようには感じられない。

「できない訳じゃないけど、人間みたいにあっさり手続きして終わりなんてそんな簡単じゃない。それに俺と上総の繋がりはかなり深くなってるから、いない間も化け物は見なかっただろう？」

「それもそうだ」

バイトは相変わらず続けてるけれど、妙な物が見えたり怪奇現象に巻き込まれることもない。

精々、凍雪が戻ってきた時に子鬼のせいで気落ちしていたくらいだ。ただそれも、凍雪に指摘されなければ自然に離れていたように思う。

「哀《かな》しい気持ちも、酷くなったことない」

「俺の匂いが染み込んでるからな。無理に取り憑いてると、逃げ出す前に気力負けして弱いのは消えちまうんだ」

それだけ凍雪の存在は、強い物なのだろう。匂いと言われているけれど、未だ上総にはよく分からないでいた。

霊媒として強い能力を持つ四箇田達でさえ、上総から漂う筈の匂いを指摘してこない。

「でも僕の知り合いは、お化けが見える人でも何も言わないけど」

すると凍雪は、どこか得意げに口の端を上げる。

「姉さんの力をかなり引き継いでるからな。匂いや気配は、人間に気付かれないようにする術は完璧だ」

それがどれだけ凄《すご》いのか、化け物の生態をよく分かっていない上総にはぴんとこない。幸い凍雪は気付いていないようで、上総を抱きしめて肩口に頬をすり寄せてくる。

「番の上総をほったらかして悪かった。契約も切れてないから、自慰もできなくて辛かっただろ」

「いや、そんな余裕なかったし」

事実、両手が痛んでトイレも辛かったほどだ。治ってきてからは、凍雪を探すことで頭がいっぱいで、自慰をするなど考えてもみなかった。

——凍雪とだけ交尾するって……そういえば契約したんだっけ。

「上総」

「……っ？」

名前を呼ばれた途端、体の芯がぞくりと疼く。忘れていた交尾で生じる快楽を、体が思い出したのだ。

「俺が近づいただけで、発情したな」

忘れていた感覚が一気に蘇ってくる。

脚が震え、よろめいた上総を凍雪が抱き寄せて支える。

「上総と離れている間、いろんな物を喰った。けどどれだけ食べても、満たされなかった。お前が喰いたい」

乱暴にも思える求愛の言葉だが、今の上総には彼の気持ちが素直に伝わった。

「喰っていいよ。僕も凍雪が欲しいから。凍雪が食べたい」

互いに視線を合わせ、ゆっくりと唇を重ねた。

軽いキスを角度を変えて数回繰り返すと、堪えきれなくなったのか凍雪が上総を抱き上げてベッドに運ぶ。

「灯りは付けてて構わない。凍雪ばっかり、僕を見てるのは狡いだろ」

恥ずかしいけれど、一方的に見られるのはもっと嫌だ。そう提案すると、凍雪は少し考えてから、テーブルに向かって軽く息を吹きかける。

「それじゃ、こんなのはどうだ？」

突然何もない空間に、掌《てのひら》サイズの炎が姿を現す。テーブルの上で燃える炎を、上総は慌てて消そうとしたが、抱きしめられて動けない。

「火事になるじゃないか！」

「俺の力で作った火だから、命令しなけりゃ動かないし勝手に燃やしたりもしない。だから安心していいぞ」

掌に乗るくらいの炎は、よく見ると空中に浮いており微《かす》かに揺らめくだけだ。

橙《だいだい》色の優しい光に照らされる中、上総はベッドの上で凍雪と向き合う。久しぶりに触れてくる凍雪の手は、温かくて優しい。

自分だけ脱がされるのが気恥ずかしくて凍雪の服も脱がせようとしたが、どうしてか上総の指は釦《ボタン》を外す事ができない。

「ごめん、上総。俺、服って誰かに脱がせてもらった事がないから、一枚ずつ脱ぐ化け方が分からないんだ」

「そういえば、凍雪の服って毛皮なんだよな」

革のジャケットにしか見えないが、元は猫の毛だ。

「消して裸になるのは簡単なんだけど。今度脱がしてもらえるように、化け方勉強しておく」

「そこまでしなくても……」

「嫌だ。上総に脱がしてもらいたい」

妙な所で我《わ》が儘《まま》なのは、猫らしいと言うべきなのだろうか。上総が悩んでいる間にも、凍雪は器用に服を取り去られて裸にされる。

そして凍雪も見慣れた仕草で体を震わせ、服を消す。

改めて彼の裸を目の当たりにした上総は、僅かに身を竦ませる。背も高く、上総を軽々と持ち上げるから筋肉はそれなりにあるのは分かっていた。

しかし実際に引き締まった体躯《たいく》と、既にそそり立っている逞《たくま》しい雄に赤面してしまう。

——いつも、これで……されてたんだ。

力強く腰を抱く腕と、何度射精しても性欲の衰えない性器の形は想像していた以上のものだ。

「顔が真っ赤だぞ。すぐに挿れてやるからな上総」

ベッドに横たえようとする凍雪に、上総は自分からしがみついた。

「そのままで、いいから……自分で、挿れたい」

欲しいという欲求に突き動かされるまま、上総は淫らな望みを口にする。

「久しぶりなんだから、無理するなよ」

「平気だから……早く……」

胡座をかいた凍雪の上に向かい合う形で座り、膝を立てる。

大きく広げられた脚の間に、凍雪の性器が宛がわれ上総は逞しい雄に手を添えると自ら後孔の入り口に導く。

まだ愛撫もされていないのに、そこは柔らかく解れ硬い先端を受け入れた。

「あ、んっ。どうして……」

久しぶりの行為なので、太いそれはなかなか入らない。けれど全く体が拒んでいる訳でもなく、開かれる痛みも感じない。

「発情してるから、体の方が勝手に挿れやすいように力を抜こうとしてるだけだ。そのままゆっくり、腰を落とせばいい」

「凍雪……あ、奥まで来てる……っ」

「やっぱり狭くなってるな。これからじっくり解して、俺の形に戻してやるから覚悟しとけよ」

「っは、ぁ」

どうにか雄を根元まで挿れた上総は、ほっと息を吐いて凍雪の首に腕を回す。凍雪も上総を抱きしめ返してくれて、互いの体がより強く密着する。

こうして動かずにいても、腰の奥がじんわりと熱くなり快感が全身に広がっていくのが分かる。

「このまま、イけそう」

「俺も我慢できそうにないけど、やっぱり久しぶりの交尾なんだからもっと気持ち良くなりたいだろ」

腰を摑まれて前後に揺すられ、上総は甘い悲鳴を上げた。

「だめ、い……く」

繫がったまま唇を重ね、ほぼ同時に上り詰める。体の奥に凍雪の熱が大量に流れ込み、上総はうっとりと頬を染める。

満たされる感覚は心地よく、上総の後孔は一滴も零したくないとでもいうように雄を喰い締めて離さない。

「中も俺にしがみついてきて、可愛いな」

今度は体ごと持ち上げられ、達して弛緩した体を屹立の上に落とされる。

「凍雪……深い……」

「もっと奥まで挿れられるぞ」

「ひっあ」

信じられない程深い場所まで凍雪に開かれ、上総は身を震わせた。怖いくらいに気持ち良くて、上り詰めたままの状態が止まらない。

「おねだりしてくれよ」

淫らに請う声が、優しく上総の耳に響く。恥ずかしいけれど、拒むつもりはない。上総は凍雪の番らしく、彼を誘う。

「奥に……大好きな凍雪の香り……もっとつけてほしい」

「可愛いな、上総。愛してるぜ」

口づけを交わし、快楽に溺《おぼ》れる。

甘い快感に浸りながら、上総はこの愛しい化け猫を強く抱きしめた。

猫又の嫁はいろいろ大変

「すみません、穂積上総《ほづみかずさ》さんですよね？」

大学からの帰り道、ふらっと立ち寄った古本屋を出たところで上総は一人の男に声をかけられた。

年齢は二十代半ばくらい、フレームのない眼鏡に黒のスーツ。髪はオールバックで整えられ、外資系のエリートサラリーマンといった風貌だ。

「はい。そうですけど……」

バイト先で依頼人にお茶出しをする事はあっても、名前を教え合うような間柄になったことはない。サークルどころかゼミにすら入っていない学年なので、大学で知り合ったという可能性は少なかった。

——誰だ？　全然覚えてない。

知的で穏やかな微笑みを浮かべている男は、まるで随分前から上総を知っているような雰囲気が感じ取れるので余計に困ってしまう。

覚えていた振りをしても、すぐにバレて相手を不愉快にさせるだけだと思い上総は正直に告げる。

「すみません。何処でお会いしたのか忘れてしまって。お名前を伺ってもよろしいですか？」

「ああ、申し訳ない。貴方とは初対面ですのでお気になさらず。私の方こそ、ご無礼致しました」

「そうなんですか……え？」

男の言い分を理解するのに数秒を要した上総は、やっと意味を飲み込むと数歩後退《あとずさ》る。

——なんだこの人？　まさか、宮入《みやいり》先輩の関係者？

宮入失踪の件は、既に都市伝説のようになって時折噂話にも登るようになっていた。しかし大抵は、彼が何処へ消えたのかという事よりも、しでかした事件に関心がいっている。架空の株取引を持ちかけて、会社員から金を騙し取った、とか、実は振り込め詐欺の幹部だったとか。

話は尾ひれが付いて、面白おかしく改変されており余計に真実は分からなくなっている。もしかしたら、本当に騙されて宮入の行方を探っている何者かがひょんな事で上総の存在を知り探し当てたのかも知れない。

警戒する上総に、男は深々と頭を下げる。

「申し遅れました。私、火月《かげつ》と申します。雷華《らいか》さんのフィアンセですので、今後ともお見知りおきを」

「って事は、化け猫……っ」

「ええ」

眼鏡の奥にある目が、一瞬蒼《あお》色に変化したのを上総は見逃さない。これまでも上総の『餌、引き寄せ体質』を狙って多くの化け物が寄ってきたが、それらは人間に化けても中途半端な姿にしかなれなかったので一目で見分けがついた。

しかし目の前の火月は、凍雪《とうせつ》や雷華同様に人間にしか見えない。

むしろその服装を考えれば、完全に人間社会に溶け込んでいる。

「突然で申し訳ないのですが、雷華さんはご在宅ですか？」

「いえ、凍雪ならいるけど。お姉さんの方は、会ってないよ」

「本当に？」

火月が顔を近づけ、前髪の辺りを嗅ぐ。

「僅かですが、雷華さんの香りがしますね。隠し事をしても、意味はありませんよ」

「本当に会ってませんよ！」

「人間はすぐ、嘘を吐きますからね」

穏やかな口調だが、次第に火月の眼光が鋭くなっていく。

大抵の化け物は、人間を見下している。特に力の強いあやかしは、厄介だ。

——やばい。

霊媒能力のある人材ばかり集めたバイト先で、それなりに能力を認められ始めた上総だが、未だにお化けを見ることもましてお祓いなんてできはしない。

元々、給料の良さに引かれて入ったから、大嫌いなお化けに関しての知識なんて必要最低限しか覚えていないのだ。それに寄ってくる悪い霊は凍雪が食べてくれるので困ることもない。

逃げたくても方法が分からない上総は、相手が落ち着くように宥めるしかないのだ。

「最後にお会いしたのは、一カ月以上前なんです。信じて下さい」

「しかし貴方は、あの間抜けな凍雪と同居をしている。つまりは雷華さんの僕《しもべ》でしょう？　居場所くらいはご存じですよね。しらばっくれても、なにもいい事はありませんよ」

目がつり上がり、口元から牙が覗く。違和感を感じた上総が周囲を見回すと、やはり通りからは人が消えていた。

霊感があってもなくても、人は身の危険が迫ると近づいてこないものだと凍雪から教えられている。

だから今の状況は、とても危険なのだ。

——誰か、助けて……凍雪。

心の中で、恋人である化け猫の名を呼ぶ。数カ月前の上総なら、化け物と番になる約束までするなんて思いもしなかっただろう。

しかし今は利害関係を抜きにしても、凍雪の存在を大事にし、そして頼っている。

「——呼んだか？」

「凍雪！」

上総が大学やバイトに出ている間は、アパートで過ごしている凍雪だが、時折ふらりと姿を現す。

凍雪が言うには『番としてマーキングをしたから、上総の感情が極度に不安定になれば離れていても気付ける』らしい。

すぐに凍雪が上総を背後に隠し、火月と向き合う。

交尾を繰り返したお陰で、凍雪が側にいればしつこく付きまとう化け物でも彼が姿を見せれば逃げてしまう。

しかし、火月は違った。

呆れた様子で目を眇め、深い溜息をつく。

「また君か」

「お前こそ、まだ姉さんに付きまとってるのかよ」

しかし、凍雪も平然と言い返す。

「失礼な。私は雷華さんをお守りしたいだけです」

「そういうの、人間じゃストーカーって言うんだ。大体、姉さんにぼこぼこにされたくせに守るとか。笑っちまう」

「死に損ない風情が……これだから、礼儀のなっていない粗野な野良は――」

なにやら酷い罵倒の言葉が発せられたようだが、半分はニャーニャーという鳴き声だったので意味は分からない。

それに対して凍雪も唸り声を上げているが、こちらも猫同士の喧嘩で耳にするような威嚇音なので、上総には理解不能だ。

ともかく、この二人の仲が悪いという事実は飲み込めたので、できるだけ穏便に治めようと試みる。

「凍雪。こちらの火月さんが、雷華さんを探してるんだって。僕は居場所を知らないけど、凍雪は時々会いに行ってるんだよね」

凍雪から説明してもらえば納得すると思ったが、凍雪は嫌そうな顔をして首を横に振る。

「あのな上総。こいつは姉さんから嫌われてるんだ。今の住処《すみか》なんて教えたら、俺が怒られる。それにこいつだってこのこ訪ねていったところで、会えるわけがない。運良く顔を見れたとしても、下手したら殺されるぞ」

「え……じゃあフィアンセって？」

「そんな嘘言いやがったのか。上総、真に受けなくていいぜ」

馬鹿にしたように嗤《わら》う凍雪に、火月も負けてはいない。

「君は分かっていないようだが、あれは彼女の愛情表現だ。全てを受け入れてこそ、雄としての器量が示せるというものだよ」

――やけに自信満々だけど。……凍雪の言ってる事の方が正しい気がする。

見た目はまともだが、どうにもこの火月と名乗る化け猫は胡散臭い。

化けている服装や髪型は人間の感覚からすればとても好ましいが、それが逆に違和感を感じさせている。

「大体、そのチャラチャラとした服はなんだ。雷華さんの情けで、彼女の側にいられるのだから恥ずかしくない姿に化けるべきだろう。髪も短く整えたらどうだ」

「だから！　前にも言ったとおり、これは姉さんの好みなんだよ！」

怒鳴る凍雪の声に、唸り声が混じる。いくら彼等が化け猫で、周囲の目を逸らす術を使えるといってもできればこんな大通りで騒ぎを起こさせたくない。

「あの、二人とも。落ち着いて……」

「上総は黙っててくれ」

むっとして唇を尖《とが》らせるが、凍雪は火月を睨み付けたまま動かない。どうするべきかと悩む上総に、どうしてか火月が視線を向けた。

「先程から気になっていたが、君は人間にしては随分と話が分かる。我々好みの餌を引き寄せる体質のようだし。どうかな、私と共に来ないか？」

「……え？」

すっかり蚊帳《かや》の外にされていた上総はいきなり火月から話を向けられて慌てる。凍雪も、火月の狙いはあくまで雷華と思い込んでいたらしく、リアクションが遅れた。

いきなり距離を詰めてきた火月が、上総の首筋に唇を落とす。

「ひゃっ」

「君は良い香りがするね。野良猫の悪臭など、私がすぐに塗り変えてあげよう」

「上総から離れろ！」

凍雪の手が上総の肩を摑んで、火月から引き離す。

本気で怒っているらしく、凍雪の目はつり上がり口の端から牙が覗く。流石に火月も怯んだのか、僅かに後退るけれど余裕を装う笑みは崩さない。

「穂積君、といったね。こんな猫又になりきれていない半端な野良など見限って、私の所へ来ないか？　身の安全は保証する」

「いえ、僕は凍雪の番ですから。その、他の方とは……」

相手を刺激しないように言葉を選んだつもりだったが、火月は呆れたように肩を竦めた。

「馬鹿馬鹿しい。君ほどの力があるのなら高名な妖《あやかし》からの求婚もあまただというのに、こんな馬鹿の番で人生を終えるのか？　後悔するぞ」

火月からすれば大真面目な説得なのだろうけど、上総はそんな事実を告げられても迷惑なだけだ。

――お化けにモテても、全然嬉しくない。

涙目になった上総に勘違いをしたのか、凍雪がいきなり火月に飛びかかる。

「黙れ！　上総が嫌だって言ってるのが、分からないのかよ！」

不意のことで避けきれなかった火月の肩口に、凍雪の鋭い爪が当たった。そのまま斜めに引き裂くが、すんでの所で火月が猫の姿に戻った事で空振りに終わる。

くるりと一回転をして着地したのは、黒をベースにして赤茶色の被毛が鮮やかな大柄の錆《さび》猫だった。

勿論、その尾は長く根元から二本に分かれている。

「馬鹿とは会話にならない。また改めて伺うよ、穂積君。雷華さんにもよろしくと伝えてくれ。そこの猫又になり損なった馬鹿に愛想が尽きたら、いつでも来なさい」

「さっさと消えろ！」

凍雪の怒声など気にもせず、火月は真っ赤な舌で鼻先を嘗《な》める。すると一瞬で、その場から消えた。

「面倒なのが来ちまったな」

「面倒？」

「あいつ気に入った相手を見つけると、なかなか諦めないんだ。姉さんも、もう何十年も付きまとわれてるって。人間で言うと、ストーカーってやつだ」

これ以上、周囲に化け物がうろうろする環境は絶対に避けたい。凍雪の事は受け入れているが、だからといってお化け嫌いが克服された訳ではないのだ。

むしろ、凍雪が上総にくっついてくる悪霊を捕食する場面を見る度に、苦手意識は酷くなっている。

「上総は俺が守るから。そんな怯えるなって」

「……うん」

根本的な解決になっていないが、頼れるのは凍雪だけだ。しかし、火月の言った言葉が気にかかる。

――猫又になりきれてないって。凍雪は猫又じゃないのか？

猫又でなくても凍雪が化け物の一種である事には変わりないが、含みのある火月の物言いが頭から離れない。

――嘘を言ってるようには見えないし。聞いてもいいのかな。

けれど火月に対してまだ怒りが収まらないのか、凍雪の髪は静電気でも帯びたように毛先が僅かに逆立っている。

とても話しかけられる雰囲気ではなく、上総はずり落ちた鞄を肩にかけ直すと駅に向かって歩き始めた。

アパートまでの帰り道は、二人ともなんとなく無言だった。先を歩く上総の後ろを、少し離れて凍雪がついてくる。足音はしないが、その気配で大体の距離感は摑める。

少し前までは振り返って、存在確認をしていた。でも今では視認できなくても、側にいれば凍雪の気配を感じ取れる。

――猫又のいる生活に慣れたって事なのかな。

しかし相変わらず、凍雪以外の化け物に対しては鈍感だ。精々、顔見知りの雷華が認識できるくらいで、先程声をかけてきた火月など向こうから申告されるまでは人間だとばかり思っていた。

最近はバイトにも慣れたので、現場に荷物持ちとして同行する事もあるけれどやはり上総には何も見えない。

それは吾川《あがわ》から『素晴らしい鈍感ぶり』と呆れ半分で褒められるほどだ。

しかし引き寄せる体質は変わっていないらしく、凍雪がマーキングをしているお陰で側には来ないが、離れた所から上総を狙っているらしい。見えない上総は凍雪の言い分を信じるしかなく、黒い固まりを口いっぱいに頰張る凍雪を前にすると嘘だとも考えにくい。

大体、彼が猫又であるという事実は、覆しようがないのだ。

――でも、怖いものはやっぱり怖いし。

凍雪の事は好きだと自覚している。

猫又なので人間的な価値観や道徳心がずれていたりもするけれど、自分を大切に思ってくれているのは疑いようがない。

何より怖い『化け物』だけど、熱烈な愛を告げられておまけに毎晩、体の芯まで蕩けるような交尾を繰り返していたら絆されてしまうのも仕方がないのではと思う。

「って、それじゃ僕が、体目当てみたいじゃないか」

「さっきから、なにブツブツ言ってるんだよ。もうアパートだけど、入らないのか」

無意識に、心の声が口から零れていたようだ。

指摘されて、上総は真っ赤になった顔を見られないようにそっぽを向く。

「……なんでもない」

歩きながら浮遊霊を食べていた凍雪は、食事に夢中で内容までは聞いていなかったらしい。

ほっとしつつも自己嫌悪に駆られた上総は誤魔化すみたいにポケットから鍵を取りだし、アパートの扉を開けた。

「上総」

ドアを閉めて部屋に入ると、すぐに背後から凍雪が抱きついてくる。

体格の良い凍雪に抱きすくめられ、体はすっぽりと彼の腕に収まってしまう。いつからこの温もりに、違和感を感じなくなっていたのだろうと上総はぼんやりと考える。

「さっきからどうしたんだよ。そんなに火月が気になるのか？」

「どうしてそこで、さっきの猫又が出てくるんだ？」

不思議に思って首を傾げるが、凍雪の声はどんどん不機嫌になっていく。

「あいつに会ってから、全然喋らないし。独り言ばっかだし。上の空で、ぼーっとして……まさか、ああいうインテリ系が好みなのかっ？」

「はあ？」

やっと上総は、凍雪がとんでもない勘違いをしていると気付く。

「そうじゃないよ。ちょっと考え事してただけだ。凍雪は猫又で、僕としてはまだ怖いけどどうして一緒に居られるんだろうとか。あと……」

言いかけて、上総は押し黙る。

一番聞きたい事は、どうしてか言ってはならない気がする。

凍雪に関しては、知らないことばかりだ。

聞いたところで、所長や四箇田《しかた》のように化け物に対する知識の少ない上総がどこまで理解できるかは分からない。

それに化け物にだって、プライベートはあるだろう。

そんな上総の肩を摑み、凍雪がいくらか強引にベッドへと座らせた。

「聞きたい事があるんだろ。何でも答えてやる」

「でも……凍雪だって、聞かれたくない事もあるだろ？　凍雪が話したくなったらでいいからさ」

「さっき、上総は俺の番だって言ってくれた。すっげー嬉しかったんだぞ。だから、番として隠し事はしたくない。俺は、上総が悩んでる顔を見てる方が辛い」

化け物だからか、言葉はかなりストレートだ。そして偽りも感じられない。

ここで誤魔化しても意味がないと判断して、上総は思いきって問うてみた。

「火月が言ってた『死に損ない』とか『猫又になり損なった』って、どういう意味なんだ？」

上総からすれば、凍雪は紛れもない猫又だ。

人間に化け人語を解し、悪霊を食べる。尾も綺麗な二股で、疑いようがない。

だが火月の言葉に、凍雪は怒りという反応で返した。その様子からして、気分のいい話じゃないはずだ。

凍雪が猫又と偽っているのかとも考えたが、そんな事をしてどんなメリットがあるのだろうか。

「最初に言っとくけど、俺は猫又だ」

疑問を察したように、凍雪の腰から二本の尾が伸びて上総の鼻先を擽《くすぐ》る。艶やかな黒い毛並みは柔らかく思わず頬ずりしてしまう。

「そうだよな。凍雪が猫又だって、よく分かってるしそうじゃなきゃ雷華さんも弟だなんて言わないよな」

霊感のない上総でも、雷華は特別な存在だと分かる。それほどまでに彼女は、美しく禍々《まがまが》しかった。

「ああ、それなんだけど……」

ベッドに座る上総の前に、凍雪が徐《おもむろ》に正座をし背筋を正す。その表情は神妙で、どこか影があるようにも見えた。

「俺の名前は、姉さんが付けてくれたんだ。雪の日に捨てられて、凍え死にしそうになってたから『凍雪』」

「うん、雷華さんから聞いた」

元宮入だった化け物を退治したときに、雷華が話していたと告げる。と、上総は今まで気にしていなかった違和感に気付いた。

「元飼い猫って言ってたけど。雷華さんと凍雪って、血は繋がってないのか？」

雷華の物言いだと、まるで死にかけの凍雪を拾ったときが初対面のような口ぶりだったと思い出す。

凍雪はこくりと頷いた。

「血は繋がってないけど、生き返らせるときに命を分けてもらったから繋がりはある。人間だと、なんて言うんだ？」

魔法使いなら、使い魔だろうか。子供向けのファンタジー映画でおなじみだ。

だが雷華も化け猫だから、魔法使いとは違うだろう。それに彼女は凍雪を、弟と呼んでいる。

「眷属《けんぞく》っていうのに近いと思う。親族とか、従者って意味合いがあるんだ」

これは事務所で書類を作成する際に、専門用語として覚えた知識だ。

他にも書類作成の際に必要だからと、一般的な生活では使わない単語は暗記させられている。

「そっか、じゃあ俺は従者だろうけど……姉さんはそういうの嫌なんだろうな。だから俺の事を弟にして、家族扱いしてくれる」

「じゃあご両親もいるのか？」

「猫だった頃にはいたけれど、化け猫になってからはそういう括《くく》りはない。家族に拘《こだわ》る姉さんが特殊なんだ」

番はいても、基本的に人間の家族とは違うのだと凍雪が続ける。

そして思い出したように、『そういえば』と小さく声を上げた。

「――姉さんには母さんがいるけど、たまに会うぜ」

「どこに住んでるんだ」

「空」

真顔で空を指さす凍雪に、上総はどう解釈すればいいのか迷う。

——死んで天国にいるって意味でもなさそうだし。まさか、神様？会いに来るということは、少なくとも生きてはいるはずだ。

「凍雪って、もしかしてすごく偉い猫又なのか？」

「偉いのは姉さんと母さん。でも俺は強いぞ！」

——強いのは、余り関係ないんじゃ……。

そう喉まで出かかったが、やけに得意げなので黙っておくことにする。

「でもまあ、火月の言ったことは間違いじゃない。本当なら猫又になるには何年も修行するんだ。けど俺は、姉さんの力を貰ったからすぐ猫又になれた」

こうして認める凍雪の性格を上総は凄いと思う。

化け物のことなど殆ど知らない上総を騙すことなんて簡単なのに、彼は正直に話してくれるのだ。

「言い訳だけど、素質がなけりゃ死んでたらしいから……ズルはしたけど、俺はれっきとした猫又だ」

「分かってるよ」

火月が『なり損なった』と形容していたが、それは手順を踏まず猫又になった事を意味するのだと上総も理解した。

もし凍雪が雷華の命を受け止めきれなければ、猫又になるどころかそのまま死んでいたのだ。それだけ、雷華の生命力は強いという事だろう。

つまり、遅かれ早かれ凍雪は猫又になっていたという事になる。

「でも少し安心した。偉い猫又だったら、人間の僕とじゃ釣り合わないだろうし」

凍雪は雷華が上総を気に入ったと話したが、本心までは分からない。あれだけプライドの高い雷華が、そう簡単に折れるとも思えないのだ。

多少、軟化した程度に考えるのが無難だろう。

「釣り合うとか、どういう意味だよ。俺は上総しか番って認めないぞ！」

「叫ぶなよ、凍雪」

「離さないからな。俺は上総を、愛してるんだ」

ぎゅっと抱きついてくる凍雪の頭を胸で受け止め、赤い髪を撫でてやる。

「凍雪が僕に飽きるのが、先なんじゃないか？」

「飽きるわけないだろ！　上総は俺と、ずっと一緒だ。嫌だって言っても、泣いて逃げても追いかけて捕まえて、離さないからな」

「凄い執念だな」

「ああ、まじないでも術でも何でも使って、上総を閉じ込める」

以前の上総なら、こんな呪いのような思いを聞かされても恐いだけだったろう。

けれど今は違う。

――嬉しいって思うのは、僕も凍雪に感化されはじめてるからかな。

猫又に告白されて、嬉しく思っている自分がいる。

「なあ、凍雪……ずっとこうしてるのか？」

初めて上総は、自分から誘いをかけた。顔を上げた凍雪は、一瞬呆けた表情をし、そして程なく、欲情を隠さない雄の目つきに変わる。

「そうだな。ぬるま湯みたいに抱き合ってるのは、勿体《もったい》ねえ」

立ち上がった凍雪が、上総の体を抱いてベッドに倒れ込む。荒々しいキスが合図となり、二人は情欲の波に身を任せた。


服を脱がされ、裸になった上総に凍雪がのし掛かり体を震わせる。

一瞬でその服が消え、引き締まった体躯が現れた。ちらと視線を彼の自身に向けると、既に硬く反り返った雄が見えて上総は頬を染める。

散々痴態を曝していても、まだ彼の性器を直視することができない。

そんな上総の反応は凍雪を更に興奮させるようで、内股に擦りつけられる先端からは濃い先走りがあふれ出す。

「もっとしっかり、マーキングする必要があるな。人間にも化け物にも、言い寄られないくらい確実に」

「毎晩してるじゃないか！」

これ以上何をするのかと、上総は声を荒らげる。

決して乱暴にはされていないけれど、週に一度は上総が失神するまで求められるのだ。

「子種を注いで、孕《はら》ませる」

「孕ませる？　僕は男だから無理だぞ」

「大した問題じゃない」

「は？」

金色の双眸《そうぼう》が上総を見据え、楽しげに細められた。

「女のように出入り口がなくても、俺の子種と上総の精気を腹で混ぜれば育つ」

大きな掌で、凍雪が上総の下腹部を丁寧に撫でる。すると臍《へそ》の奥がじんと疼き、熱を帯び始める。

「上総が気付いてないだけで、かなりの霊力を持っているからな。俺が撫でている辺りに子種を仕込む。あとは適当な大きさに育ったら、直接取り出せばいい」

「それって、つまり……スプラッタ……？」

上総の脳内に、以前友人達と集まった時に勢いで見てしまった洋画のワンシーンが蘇る。SFバトル物だと聞いていたが、まさか異星人の子供が人間の腹を割いて出てくるなんて予想もしていなかった。

お化けよりはまだマシだけれど、上総としてはできれば遠慮したい部類の内容だったのを思い出して身震いする。

「無理、絶対に無理！」

「もしかして、人間共の間じゃ有名な宇宙人の出てくる映画みたいになるって、勘違いしてるだろ」

言い当てられて、上総は涙目で何度も頷く。

「凍雪もあの映画、知ってるのか？」

「山奥で修行してるような連中と違って、街にいる化け物は人間の知識が必要だからな。それなりに流行《はや》り物を見たり聞いたりしないと上手く溶け込めない」

やれやれといった様子で肩を竦める凍雪に、上総はむっとして頬を膨らませた。

「なんだよその態度は。僕が命がけで産むんだぞ」

というか、死を覚悟しなければ産めない。

腹を食い破られるイメージが頭の中をぐるぐると回り、真っ青になる上総を凍雪が優しく抱きしめて諭すように話す。

「大体、あんなことしたら上総が死ぬだろ。傷つけないように取り出す術を使うんだよ」

何か術でも使ったのか金の瞳に見つめられた途端に、急に不安が消えて、上総は深く息を吐く。

「は、ふ」

パニックに陥る寸前だった感情はあっという間に冷静さを取り戻し、ついでに頭を撫でられ完全に落ち着いた。

「早とちりするなって。化け物がみんな、粗暴なわけじゃないんだからな」

「うん。ごめん」

「上総の子なら、絶対に可愛いぜ」

機嫌良く話す凍雪に、上総は恐る恐る問う。

「本当に、その――人間と猫又で、赤ちゃんできるのか？」

根本的な疑問だ。

いくら凍雪が人間に化けることができても、本性は猫なのだ。性別だって同じなのだし、そう簡単にできるとは思えない。

すると凍雪も、僅かに眉根をよせ考え込む。

「そうだな。上総の体を俺に馴染《なじ》ませるのに、毎晩抱いて五年くらいかかるかな。馴染んでも確実に孕むのは運次第になる」

やはり、そう簡単な事ではないようだ。どちらにしろ、まだ当分先と分かり、上総はほっとする。

――まあ、そうだよな。

けど少しだけ、残念に感じたのも本当だ。

孕むなんて考えた事もないから、実感がない。そのせいか恐ろしいという感情はあっても、まだどこか他人事《ひとごと》のようにも感じる。

「けど一度孕んじまえば、後は毎年産めるようになるぜ」

「え……」

人と化け物とは、肉体面でも違うと分かっていても、流石に毎年産むなんて上総の体力が持たないだろう。

「そんな顔するなって。出産はかなり気力を消耗するから、毎年は孕ませないけどな」

「よかった」

「じゃ、続きするぜ」

脚を広げるように、凍雪が体を割り入れてくる。

先走りの滴る先端が最奥に押し当てられただけで、後孔がひくりと期待に震える。直接の愛撫もされていないのに、入り口はすっかり受け入れる準備が整っていて上総は無意識に力を抜く。

「つふ……ぁ」

凍雪の手が腰を摑み、引かないように固定する。

熱い切っ先が入り口をこじ開け、太いカリまでが一気に挿入された。

「ひっ、凍雪」

「術を使わなくても奥まで挿《はい》るようになったし、子種も零さないからな」

「……初めてした時みたいに、使ってないのか？」

体は凍雪に毎晩抱かれたせいで、すっかりならされてしまったと上総も実感している。大体あれだけ大きな雄を、愛撫もなしに受け入れるなんてまず無理だ。

だから多少は、上総の体から力を奪うような術を使ってると思ってた。

「少し前からは、使ってないぞ。今だって、上総の体が自然に銜え込んでくれてる」

「う、そ」

僅かに腰を進められても、痛みはない。

「馴染んできてるから、俺の精液が全部体に染み込んでるだろ。射精してから俺が抜いても、上総の中から溢《あふ》れないのがその証拠だ」

実感する形で変えられていると指摘されても、不思議と怖いとは感じない。

――僕の体、猫又の番らしく変えられてるんだ。

それはつまり、化け物の子を孕む体に変わっている証《あか》しだ。

「あ、あ。凍雪」

半ばまで埋められた性器を急に意識してしまって、上総は体の芯が熱くなる。

「慌てるなって。焦らしながら挿れられた方が、上総も感じるだろ？」

「んっ」

腰を掴まれ脇腹を軽く撫でられただけで、全身から力が抜けて動けなくなる。

開発された体は、凍雪が与えてくれる快感を全て受け止めたくて勝手に従順な姿勢を取ってしまうのだ。

「孕ませる時は、巣に籠もって十日間は交尾を続けるんだ。眠って食べて、交尾するだけ。子作りだけに専念するんだ。最高だろ？」

「そんな……ぁ」

おかしくなってしまうから嫌だと言いたかったのに、唇が動かない。

代わりに熱を帯びた溜息が零れ、淫らな交尾の日々が来るのを望んでいると自覚してしまう。

——こんなセックス、十日間休まず……されたら……ぁ。

凍雪の『番』になると認めた上総だが、こんな事まで求められるとは予想外だ。

人間同士だって、激しく求め合う事もするだろう。しかし凍雪の言う子作りは、その比ではない。

やはり根本が動物だからか、子作りに関しては人間とは意識が違うのだろう。

考えれば考えるほど、未知の快感に期待して体が疼く。

「っ……んっ」

「奥が吸い付いてくる。上総、いやらしい事を想像してるんだろ」

首筋を嘗め上げられ、仰《の》け反りながらも上総は首を横に振る。

「そんな否定しなくていいんだぜ。体だけじゃなくて、心も準備しておくのは必要だからな」

恥ずかしく思っているのは上総だけで、凍雪は上総の身も心も早く馴染ませようとしているのか孕ませることを前提にした交尾がいかに素晴らしいかを説く。

「上総が俺の子を孕めば、お前が嫌う連中は寄ってこない。完全に見ることもできなくなる。それに交尾も、今の何倍も感じるんだ。いい事ずくめだろ」

「あ、ぁ」

「中が痙攣始めてる。深イキする直前に、いつも締め付け方が変わるの知ってるか？」

――言われなくても、分かってる……っ。

気付かない振りをしていたけど、当然挿入している側の凍雪には既に知られていた。恥ずかしさの余り、真っ赤になった顔を隠そうとしてしがみつき凍雪の肩口に顔を埋める。

「っく、う」

「この調子なら、もっと早く孕めそうだな」

狭まった肉壁を、雄の張り出した部分が刺激する。

ぐりぐりと肉襞《にくひだ》を擦られると、甘い刺激が腰から背筋を伝って這い上がった。

「凍雪っ……そこ、ばっかり。やめ……っ」

「好きだろ？　コレ」

「っ——」

いつの間にか後孔からの刺激だけで勃起していた上総の中心から、蜜が溢れる。決定的な刺激が与えられれば、すぐにでも爆発しそうだ。

なのに凍雪は、上総の求めを知っている筈なのに腰を引いてしまう。

「それとも俺の勘違いだったか。嫌いなら、そう言ってくれよ」

わざとらしい物言いに反論しようとしても、唇からは物欲しげな嬌声《きょうせい》が零れるだけだ。

「や、ぁっ……とう、せつ……」

敏感な部分を外したまま、雄が位置を変える。中途半端な所に収まったそれを締め付けても、欲しい快感は得られない。

しかし凍雪は、構わず上総の前を扱いた。

刺激を欲していた上総の自身は、突然の事に堪えきれず射精してしまう。

「や、いやあっ」

解放されたのに、心地よさはない。だらだらと零れる精液はもどかしいだけで、上総はシーツの上で身をくねらせる。

「凍雪、頼むから……もっと奥まで」

「奥まで、なんだよ？　はっきり言えって」

焦らされて目尻に涙が浮かぶ。羞恥よりも、早くこの快感から解放して欲しい気持ちが強くて、上総は唇を震わせながら懇願する。

「奥まで入れて中に、凍雪の……出して」

あまりに情けなくて、耐えきれず上総は泣いてしまう。

「泣くなよ、上総」

ぼろぼろと頬を伝う涙を、凍雪が舌先で嘗め取る。

「……お前が悪い……っ」

「仕方ないだろ。上総が可愛くて、虐《いじ》めたくなるんだからさ」

勝手な言い分に怒りたいけれど、再び根元まで挿れられその快感に頭の中が真っ白になった。

抵抗する力を完全に失った上総を、凍雪がゆっくりと蹂躙し始める。狭い肉襞をじっくりと擦り上げ、むせび泣く上総の表情を堪能しながら何度も奥を小突く。

「ぁ、ひっ……だ、めっ」

「上総って、発情期の雌よりずっといやらしくて可愛いな」

弱い部分を狙って繰り返される注挿に、全身ががくがくと痙攣する。

浅い絶頂が絶え間なく襲い、上総の口からは甘ったるい喘ぎ声が絶え間なく零れた。両手

足を凍雪の体に絡ませ、力の入らない体で必死に腰を雄に押し付ける。

「愛してる、上総。また締め付けが強くなったな」

耳元で何度も愛を囁き、時折淫らな反応を告げる凍雪の声に、上総はただ頷くことしかできない。

もう蜜が出ないほど絶頂を繰り返し、凍雪もタイミングを合わせて精を放つ。なのに彼の雄は、全く萎える気配がない。

「とう……せつ……」

「悪い、上総。お前が欲しくて、加減ができない」

「ぁ……」

もう何度目か分からなくなった凍雪の射精を受け止め、上総は意識を失った。


相変わらず、平穏だかそうでないのか分からない日々が続いている。

すっかり凍雪との同棲《どうせい》が日常のものとなり、お化け退治のバイトにも以前よりは慣れた。

「ただいまー」

「お帰り……ってどうしたんだ、凍雪？　顔が真っ青だぞ」

駅の近くに大物が出ると言って、嬉々《きき》として食事に出かけていった凍雪だが、帰宅した彼を見て上総は驚く。

憔悴《しょうすい》しきった様子で、足取りも覚束《おぼつか》ない凍雪は部屋に上がるとそのままベッドに倒れ込む。

こんな時、ワンルームの狭いアパートは便利だ。

「食事、不味かったのか？　出かけるって言ったから、夕飯は僕の分しか作ってないんだけど。出前取ろうか？」

酷い怪我を負っていれば猫の姿に戻るのだが、凍雪は人間の姿のまま気怠《けだる》げに横たわっている。

とりあえず、緊急性はなさそうだと判断した上総はベッドの横に座り凍雪の顔を覗き込む。

「また火月にでも会ったのか？」

数日前に遭遇した化け猫は、かなりの力があると凍雪から教えられた。雷華関連の事で嫌味でも言われたのかと思い気遣うと、予想外の名前を出される。

「飯は喰えたんだけどさ。帰りに姉さんに捕まって、説教されてきた」

「雷華さんから、お説教？」

「嫁と交尾ばっかりしてないで、デートしなさいって姉さんから怒られた」

雷華曰《いわ》く『家で過ごすのもいいけれど、二人はすぐ交尾を始めるから外に出て話をしろ』

という事らしい。

説教の愚痴を言う凍雪を前に、上総は真っ赤になって両手で顔を覆う。

「まさか、雷華さんにその……毎晩なにしてるか話してるのか？」

「姉さんは霊力が強いから、どこからでも視えるんだよ。話さなくても、俺達が何をしてるかなんて全部知ってる」

平然と言うが、上総にとっては初耳だ。

化け物の価値観など分からないけれど、女性に凍雪とのセックスを全て見られていたと知り、頭の中がパニックになる。

俯き羞恥に震える上総を前に、何か勘違いをしたのか凍雪が的外れなフォローを入れる。

「一応、俺が上総に無茶な事しないか見張ってるみたいだ」

「いや、そういう事は普通しないから！　雷華さんの気持ちは有り難いけれど、人間からすると凄く……その、恥ずかしい事なんだよ。できれば止めて欲しいんだけど」

本当はもっと強く止めて欲しいと訴えたいところだが、下手に雷華の機嫌を損ねれば殺されかねない。

「そう言われてもなあ。姉さん口では人間が嫌いだって言うけど、上総のことは結構気に入ってるんだよ。大切な嫁さんなんだから、気遣えって。煩《うるさ》く言われた」

「僕の事を嫁って、雷華さんが言ってるのか」

「上総は人間だから、『番』より『嫁』の方が呼び方としては正しいだろうって。俺はどっちでもいいって思ってたけど、上総が嫌なら他のヤツに上総を紹介するときは『嫁』にする」

思いがけない言葉だった。

――雷華さんて、意外と乙女なんだな。

雷華に対しては、恐ろしい印象の方が強い。服装や凍雪に対する物言いは可愛らしい少女だけれど、人間相手だと辛辣だ。

しかし彼女なりに上総を気にかけていると、凍雪への言葉で感じ取れた。

「僕は男だから、『嫁』って言い方も違うんだけど。でも『番』よりはいいかな」

これはあくまで、感じ方の問題だ。

凍雪が自分を大切にしてくれているのは、上総も理解している。人間社会に馴染む言い方なら『パートナー』が一番近い言葉だろう。

でも猫又である凍雪に、わざわざ意味合いを説明してまで訂正させるつもりはなかった。

「気持ちの問題だし。凍雪の友達に紹介するとき、『番』の方が理解しやすいならそれでも構わないよ」

「そっか。上総が嫌じゃないならよかった」

にっと笑った凍雪に、上総も微笑み返す。

「じゃ、デートしようぜ」

そこで何故、いきなりデートの話に戻るのか、理論が分からない。しかし凍雪からすれば、雷華からの指示はとにかく絶対命令なのだろう。

思い返せば、凍雪がアパートへ転がり込んできてから二人で出かけたことはない。最近は凍雪が大学付近へ出没し、一緒に帰宅はするがそれは違うと上総も分かる。

――そういえば、街を案内してほしいとか言われてたけど。なんだかんだで行けなかったな。目的は餌集めだろうけど、上総自身が凍雪の番と認めてからも、課題やバイトで忙しい事を理由に誘われても断っていた。

アパートに戻れば、この狭い空間に二人きり。

わざわざ出かけなくとも、コミュニケーションは取れていると上総も思い込んでいた節がある。

「やっぱり雷華さんは、女の子だよね。女子視点で考えてるよ」

とはいえ、これまで恋人のいなかった上総はデートと言われても何処へ行けばいいのか分からない。

相手が同年代の女子なら、大学の友人か先輩に聞いたり情報誌やネットで調べるのも有りだろう。

しかし自分の恋人はまごう事なき『化け猫』。それも雄。

――猫を猫カフェに連れて行っても……無意味な気がするし。喧嘩を始めたら、大変だもんな。遊園地や水族館も、違う気がする。買い物は……スーパーが妥当だよな。なけなしの知識を総動員するが、しっくりくるイメージが一つも出てこない。冷静に考えてみれば、凍雪は化け猫なのだから、化け物の好みなんて分からなくて当たり前だ。

「凍雪は行きたいところ、あるか？」

聞いてから、上総は内心しまったと思う。もし『夜の墓地か、心霊スポット』などと言われたら、本気で困る。いくらお化けを食べてくれる凍雪が一緒でも、好きこのんで行きたい場所ではない。

「上総と一緒なら、どこでもいいぜ。そうだな、あえて希望を言うなら、人間が多い所の近くがいいな。初めて会った公園とか最高」

けれど答えは、意外にもあっさりしたものだった。

内心、胸を撫で下ろしつつ上総は頷く。

「分かった。じゃあ今度の金曜日は午後が休講になったから、久しぶりに行こう」

バイト先の側にある公園は、サラリーマン達にも好評の昼寝の穴場だ。しかし幹線道路沿いなので、決して静かという訳でもない。

「でも意外だな、もっと静かな場所が好きなのかと思ってた」

力のある化け物は、山奥に住むことが多いと四箇田達から教えられている。化け猫を彼等が『街にはいない』と言うのも、それが理由だ。

現に雷華は、今でこそ人里に近い山に新しい巣を作って上総達を監視しているが、それまでは、北にある原生林の山奥に住んでいたらしい。

流石に本格的な山登りは無理だけれど、近くまでは連れて行く気持ちはあったから、少しばかり拍子抜けだ。

けれど満面の笑顔で語る凍雪に、上総は次第に青ざめていく。

「あの公園、人間が気付いてないだけで霊道が通ってるんだ。つまりお化けの通り道が、公園の真ん中を突っ切ってるってわけ。そこに上総がいると、通りかかった餌がいくらでもよってくるし……」

「分かったから、もう言わないでくれ」

聞かなければよかったと後悔するが、もう遅い。

公園を突っ切れば、事務所まではすぐなのだが、暫くは遠回りをしようと思う。

「上総は本当に、怖がりだな」

「怖いものは怖いんだから、仕方ないだろ」

「じゃあ、どうして俺は大丈夫なんだ」

わざとらしく聞いてくる凍雪に、上総は溜息を零す。

「僕は凍雪の嫁になったんだし。それに……その……好き。だから」

言葉の最後は、消え入りそうになったけれど、必死の思いで口にした。

手を伸ばし、横たわったままの凍雪の髪に触れ引き寄せて唇に当てる。化け物と恋仲になり、更には番にまでなってしまうなんてかんがえてもみなかった。

「一生俺が怖い連中から上総を守ってやるから、安心していいぞ」

この貪欲でどこかずれている猫又が、金の目を輝かせて笑う。

安定した人生設計は狂ってしまったけれど、今は凍雪と一緒に居られることがこんなにも嬉しい。

「うん。愛してるよ、凍雪」

偽りのない想いを伝え、上総は身を乗り出すと凍雪の額にキスをした。

あとがき

はじめまして、こんにちは。高峰あいすです。

ルチル文庫様からは、十冊目の本になります。と、書いてて驚きました！　もう十冊目なんですね！

これも読んで下さる皆様と、ご迷惑をかけっぱなしの担当F様のお陰です。本当にありがとうございます。


まずは改めて、この本を手にとって下さった方にお礼申し上げます。

素敵なイラストを描いて下さった、旭炬先生。凍雪が格好良くて、変な声が出ました。猫バージョンもとても可愛くて……幸せです。

いつも迷惑ばかりかけてしまっている、担当のF様。今回も色々とすみませんでした。

そして家族と友人のみんな、支えてくれてありがとう！

この本に携わってくれた全ての方に、頭が上がりません。

さて、今回は猫又です。猫耳で妖怪！　個人的に人外物が好きなので、書いててとても楽しかったです。珍しくバトルっぽい展開もあり、今回はちょっと毛色の変わった方向で好き勝手してみました。

本編には全く関係のない補足なのですが、凍雪の髪の毛が赤いのは雷華の真似っこです。凍雪は単純に「姉さん、格好いい！」という理由だけで、赤にしてます。本来は人間の姿に化けても黒髪です。

えっと……あんな感じでも凍雪はシスコンではありません。雷華は（血は繋がってないけど）ブラコン気味ですが……。そんな二人（二匹）を上総は「仲がいいなあ」と微笑ましく見てます。

いつもでしたらここで「最後まで読んで頂き～」と入るのですが、今回は後書きの後にも、ちょっとオマケが入ってます。

凍雪と上総の、ほのぼの（？）とした日常です。

ではまた、お目にかかれる日を楽しみにしています。

高峰あいす公式サイト　http://www.aisutei.com/

「上総ってさあ、どうして化け物が怖くなったんだ？」

大学もバイトも入っていない、日曜日の朝。爽やかな気分で目覚めた上総の気分は、一気に急降下した。

「お前。お早《はよ》うも言わないでいきなりなんなんだよ」

「気になったから聞いただけ」

狭いベッドで喉を鳴らしながらひっついてくる凍雪を睨み付けるが、相手は上総が何故不機嫌になったのか分かっていない様子で、暢気に欠伸をする。

「これまでは見えてなかったんだろ？　今だって、よっぽど相手から目を付けられてない限り、見えてないいんだしさ」

「訳が分からない物って怖いだろ」

「そうかな」

「そうだ！」

裸で抱きしめられたまま、上総は真顔で反論する。

――朝からなんで、こんなくだらない喧嘩をしてるんだ……。

一瞬冷静になるけれど、ぼそりと呟いた凍雪の一言で我に返った。

「人間てのは妙だな。見えてないし、気配だって感じないのに怖がるなんておかしくないか？」

「仕方がないだろ。子供の頃にテレビでやってた心霊番組見てから、トラウマなんだよ」

「テレビって……つまり、まがい物だろ？」

「偽物でも嘘でも、怖いんだよ」

益々訳が分からないといった風の凍雪に、上総は思わず睨み付けた。けれど凍雪は不思議そうに首を傾げるだけだ。

だが考えてみれば、凍雪だって猫又という化け物だ。そんな彼に『お化けや化け物が怖い』と訴えても、理解できないのは当然かも知れない。

――化け物が怖がる事……あ、あれだ。

とても身近に答えがあったことを思い出し、上総は嬉々として告げる。

「凍雪だって怖い物くらいあるだろ！　ほら、化け物退治する強い陰陽師とか。お祓いする人とかさ」

凍雪が住み着き始めた当初、四箇田に『猫又は退治できないのか』と尋ねた事があった。その時はまともに相手をしてもらえなかったが、できないとは言われていない。

なにかしら反論してくるかと思ったけれど、上総の予想に反して凍雪は黙り込んでしまう。よく見れば、心なしか顔も青ざめていた。

――しまった、凍雪は人に捨てられて死にかけたんだ。

軽い気持ちで言ったが、突き詰めれば『人間が怖いだろう』と指摘したようなものだ。自分もお化けにトラウマがあるけれど、理不尽な理由で信頼していた飼い主に捨てられた過去を持つ凍雪にとっては、心の傷を抉られたも同然だ。

流石に配慮に欠けたと思い、謝ろうとした上総だけれど、その前に凍雪が口を開く。

「……姉さん」

「え？」

「姉さんが怖い」

比喩でなく、凍雪の声は恐怖で震えていた。

「確かに雷華さん、すごく強いよね」

凍雪が嫌な過去を思い出したのではないと分かりほっとするが、どうしてか凍雪は身を竦ませ、そのまま猫の姿になってしまう。

「どうしたんだよ、凍雪」

お腹の辺りで丸まった凍雪を抱き上げて、上総は猫の顔を覗き込む。しかし凍雪は、両耳を後ろに伏せて完全に怯えきっていた。

「もしかして姉弟喧嘩で連敗してるとか？　僕の友達にも、お姉さんに頭が上がらないってやついるから分かるよ。でも雷華さんは凍雪を溺愛してるみたいだし、喧嘩とは違うのかな」

友人の例を出してみるが、何度か会ったことのある雷華は凍雪を甘やかしているようにしか思えなかった。

血が繋がっていなくても姉弟喧嘩くらいはするだろうけど雷華が凍雪に牙を剝くという状

況が想像できない。

「姉さんは、いつもは優しいけど……絶対に破ったらいけないって、約束したことがあるんだ」

「約束？」

問うと、凍雪が猫の姿のままこくりと頷く。

「傷が治るまでの間、姉さんの所にいただろう？　その時、どうしても我慢できなくて約束を破ったのを思い出した。姉さんに気付かれたら、殺されるかもしれない」

こんなに怯える凍雪を見るのは初めてなので、上総も背筋が冷たくなる。

「なあ凍雪、僕は役に立たないだろうけど一緒に謝るくらいはするからさ。そんなに怯えるなって。それに雷華さんが、凍雪を殺すなんてあり得ないよ」

「いや、上総は巻き込めないし俺の問題だ」

立派な髭も萎れたように垂れ、すっかり気落ちしている凍雪をどうにかして浮上させようとして、上総は艶やかな毛並みを撫でながら考える。

――ここまで怯えるのは相当だよな。ともかく理由を聞いて、四箇田さんにそれとなく相談してみよう。

お祓い師が猫又の怒りを解く方法を知っているのか分からないが、少なくとも素人の上総よりは知識があるに違いない。

「よかったら、凍雪が破った約束の内容を教えてもらえないか？　もしかしたら、解決策が見つかるかもしれないし」

「上総は優しいな。けど絶対に無理だ……サンマの一夜干しと『ねっと限定商品』の大吟醸なんて、どこで取ってくればいいのか分からない」

「……えっと。それと約束って、なにか関係があるのか？」

生死の関わる約束から一気に話が飛躍して、上総は理解できずにきょとんと目を見開く。

「傷を治してるときに、俺姉さんの所にいただろ。それで姉さんが出かけてる時に、腹が減って全部食っちまったんだ。絶対に食べるなって言われてたんだけど、我慢できなくて……」

思わず吹き出しそうになったが、そんなことをしたら凍雪が傷つくだろうと思い唇を噛んで堪える。そして緩みそうになる顔を彼の目から隠すように、猫の頭を胸に抱いて上総は一つの提案をした。

「ネット限定の商品なら、銘柄が分かれば取り寄せられるよ。サンマの一夜干しも、置いてるお店は知ってるから、一緒に買いに行こう」

「すごいな上総は、さすが俺の嫁だ！」

相当喜んでいるのか、凍雪が盛大に喉を鳴らす。人間社会に溶け込んでいると豪語していたが、やはり凍雪の知識はまだまだのようだ。

ともあれ凍雪の言い分から推測すると、人間で例えるなら隠しおやつを食べてしまったというような感じなのだろう。

——食べ物の恨みが恐ろしいのは、人も猫又も同じみたいだな。

宥めるように黒猫の背を撫でて、上総はベッドから起き上がる。

「それじゃ、朝ご飯を食べたら買い物に行こう。通販は時間がかかるけど、一夜干しなら今日中に手に入るしね。謝るなら、早い方がいいだろ」

「ありがとう、上総」

ごろごろと喉を鳴らしていた凍雪が人の姿に戻り抱きついてくる。こんな猫又を可愛いと思っている自分は、すっかり彼に絆されていると改めて思う。

——僕も大分、猫又のお嫁さんになってきたかな。

「ほら、食事を作るから離れろ」

「えー、もう少しいいだろ」

「雷華さんにバレて、叱られたいなら好きにしろよ」

慌てて両手を離した凍雪の額に軽くキスをして、上総はベッドを下りる。また騒がしい一日になりそうだと予感しながら、上総は手早く着替えると台所に向かった。

✦初出　猫又の嫁になりました………………書き下ろし
猫又の嫁はいろいろ大変……………書き下ろし

高峰あいす先生、旭炬先生へのお便り、本作品に関するご意見、ご感想などは
〒151-0051 東京都渋谷区千駄ヶ谷 4-9-7
幻冬舎コミックス　ルチル文庫「猫又の嫁になりました」係まで。

幻冬舎ルチル文庫

猫又の嫁になりました

2016年2月20日　　第1刷発行

✦著者　高峰あいす　たかみね あいす

✦発行人　石原正康

✦発行元　株式会社 幻冬舎コミックス
〒151-0051 東京都渋谷区千駄ヶ谷 4-9-7
電話 03(5411)6431［編集］

✦発売元　株式会社 幻冬舎
〒151-0051 東京都渋谷区千駄ヶ谷 4-9-7
電話 03(5411)6222［営業］
振替 00120-8-767643

✦印刷・製本所　中央精版印刷株式会社

✦検印廃止

ISBN978-4-344-83664-8　C0193　Printed in Japan

高峰あいす
『許婚のあまい束縛』
イラスト
六芦かえで
本体価格552円＋税
古いしきたりに縛られた九條家の長男・斎希は、双子の妹の身代わりに岩井という男に許婚として差し出されてしまう。そのせいで、謎の多い男・岩井との同居生活を始めることになった斎希だったが、毎日忙しい岩井の食事の世話をしたり膝枕させられたりと、まるで本当の許婚のような生活を送るハメに。だが、ある夜から岩井と体を重ねるようになり……!?